KB117330

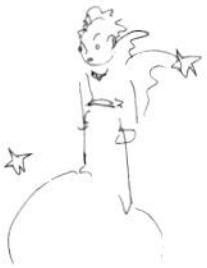

어린 왕자와 떠나는 인문학 여행

지은이 윤혜진
펴낸이 임상진
펴낸곳 (주)넥서스

초판 1쇄 발행 2018년 10월 5일
초판 2쇄 발행 2018년 10월 10일

2판 1쇄 인쇄 2020년 11월 2일
2판 1쇄 발행 2020년 11월 6일

출판신고 1992년 4월 3일 제311-2002-2호
10880 경기도 파주시 지목로 5 (신촌동)
Tel (02)330-5500 Fax (02)330-5555

ISBN   979-11-91209-00-6   03800

www.nexusbook.com

어린 왕자와 떠나는
인문학 여행

윤혜진 지음 ★ 생텍쥐페리 그림

Qrius

일러두기

· 수록된 삽화는 모두 생텍쥐페리의 오리지널 드로잉입니다.

· 삽입된 사진은 모두 자료사진입니다.

· 인용된 소설 『어린 왕자』는 저자가 소장하고 있는 문예출판사본(1999)을 참고했습니다.

· 참고자료 Saint-Exupery Dessins : Aquarelles, plumes, pastels et crayons (2008)

☆

자신의 별을 찾는 이들에게

이 책을 특별히 자신의 별을 찾는 이에게 바친 데 대해 용서를 빈다. 그럴 만한 중대한 이유가 있다. 내가 이 세상에서 본 가장 자연스러운 사람이 바로 이들이라는 점이다. 또 다른 이유도 있는데 그것은 자신의 별을 찾는 이들은 다른 이들이 찾고 있는 별들에 대해서도 이해한다는 점이다. 세 번째 이유는 이들이 풍요롭지만 가난하고, 더불어 있지만 홀로 있다 느끼고, 하고 싶은 것이 있지만 실패에 대한 두려움으로 자신에 대한 확신을 잃어버렸기 때문이다. 이 모든 이유들이 그래도 부족하다면, 어른이지만 커서 무엇이 될지를 고민하는 어른 아이인 이들에게 이 책을 바치기로 하겠다. 어른이지만 우리 모두는 어린아이이고 싶어 한다. 따라서 내 헌사를 이렇게 고친다.

어른이지만 아이인
자신의 별을 찾는 이들에게

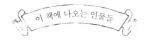

생텍쥐페리(앙투안, 애칭 토니오)

유머러스하며 장난기가 많아 주변 사람들을 웃게 하는 철없는 어른인 동시에 예민한 감성의 소유자. 사람들을 좋아하며, 누구와도 친구가 될 수 있는 열린 마음을 지니고 있음.

콘수엘로

생텍쥐페리의 아내. 발랄하며, 예술가적 기질이 넘쳐흐르는 여성으로 인생에서 사랑을 매우 중요히 여김. 남미 특유의 자유분방함과 이야기꾼으로 손색이 없는 말솜씨를 지니고 있음. 어디서나 주목받는 사랑스럽지만 까탈스러운 인물.

레옹 베르트

매우 지적인 사람으로 다른 사람들의 고민을 경청하고 정확한 시선으로 문제를 지적할 수 있는 인물. 아내와 아들에 대한 사랑이 남다름. 무엇보다 생텍쥐페리와 스무 살이 넘는 나이 차이에도 불구하고 오랜 시간 친구로 지냄. 생텍쥐페리가 『어린 왕자』를 헌사한 인물.

기요메

삶에 대한 의지와 인간에 대한 존엄성을 잃지 않는 인물. 생텍쥐페리만큼 유쾌하고 독창적인 상상력을 발휘하는 친구. 생텍쥐페리를 지도한 스승이자 선배이면서 '세상에 단 하나뿐인 지도'를 선물해 준 친구.

비행사

어린 시절 어른들과의 대화에서 상처를 받고 '어른'으로 성장한 어른. 어린 왕자를 만나 어른에 대해 회의하기 시작함. 무뚝뚝해 보이지만 타인의 감정에 공감하는 능력이 뛰어남.

어린 왕자

자신이 궁금한 질문은 그 누구에게도 멈추지 않는 끈기 있는 친구로, 누구하고든 대화를 나눌 수 있는 놀라운 능력의 소유자. 이기적으로 보이지만 장미와 자신의 별을 사랑하는 사랑스러운 친구. 노란 곱슬머리와 머플러를 항상 하고 다님.

여우

자칫 얄미워 보이지만, 친구를 소중히 여김. 자신이 알게 된 진실은 친구와 함께 나누려는 아름다운 친구.

장미

까탈스럽지만 사랑스러운 어린 왕자의 친구. 자신의 마음을 있는 그대로 드러내는 데 미숙함. 사랑받기를 원하지만 사랑하는 사람이 떠날 수 있다는 두려움에 자신의 마음을 제대로 표현하지 못함. 아침마다 단장하고 자신의 아름다움을 드러낼 줄 아는 존재.

왕

신하를 기다리는 외로운 인물. 어린 왕자와 제대로 된 대화를 할 수 없었으나, 이치에 맞지 않는 일은 하지 않음.

허영심에 빠진 사람

누구에게나 찬양받기를 원하는 인물이지만 막상 자신을 찬양해 줄 친구가 없어서 일상이 지루하고 심심한 인물.

술꾼

술 마시는 것이 부끄러워 또 술을 마시는 인물. 늘 반성하지만, 반성 후의 변화가 없는 것으로 보아 반성이 아니라 자기 학대를 하는 인물.

사업가

욕심이 많고 시간 관리를 철저히 하는 인물. 시간을 허투루 쓰지 않지만, 모든 시간을 자기 소유물을 확인하는 데에만 사용하는 가엾은 인물.

가로등 켜는 사람

어린 왕자가 만난 사람 중 유일하게 남을 위한 일을 하는 인물. 하루에 140번이나 해가 지는 별에서 가로등을 켜야 하기에 힘든 날들을 보내고 있음.

지리학자

자신의 공간에서 떠나본 적 없지만 탐험가들에게서 얻은 지식을 기록함. 확고한 자기 신념이 있는 인물.

당신에게도 위로가 되길

누구에게나 자신을 책의 세계로 이끈 작품이 있기 마련입니다. 어떤 이에게는 그 책이 『빨간머리 앤』일 수도 있고, 『삼국지』『징비록』『셜록 홈스』『작은 아씨들』『나의 라임오렌지 나무』일 수도 있고, 혹은 도스토예프스키, 헤르만 헤세, 헤밍웨이, 제인 오스틴 등과 같은 작가일 수도 있고, 어떤 이에게는 『해리 포터』일 수도 있습니다.

각자를 독서의 세계로 이끌어준 최초의 책, 책의 재미를 알게 하거나 책을 통해 나를 드러낼 수 있는 기회를 갖게 해준 책 또는 책을 통해 세상을 이해하고 사람을 이해하게 만들어준 그런 책이 있기 마련입니다. 책을 읽는 문턱을 낮추어준 그런 책이 존재한다는 의미이지요.

누군가 나에게 최초로 읽은 책이 무엇이냐고 묻는다면, 나는 주저하지 않고 『어린 왕자』라고 답할 것입니다. 처음으로 작가의 이름과 책의 제목을 소리 내서 말한 책이 바로 생텍쥐페리의 『어린 왕자』이기 때문입니다. 또한 『어린 왕자』로 인해 나는 비로소 책의 세상으로 나아갈 수 있었기 때문입니다. 나에게 『어린 왕자』는 세상과 소통하는 계기를 만들어주고 책 읽기의 즐거움을 선사한 책입니다.

내 경우 초등학교 시절에 열심히 책을 읽었던 기억이 거의 없습니다. 다른 친구들이 세계문학전집을 읽고 위인전을 읽고 있을 때, 다른 친구들보다 좀 늦된 아이였던 나는 방바닥에 누워 천장을 보며 파리똥의 숫자를 헤아리거나 벽지무늬의 패턴을 눈으로 따라가며 하루를 보내곤 했습니다. 공부를 하는 방법도 공부라는 것을 해야 한다는 것도 잘 모르는 아이였지요. 방안에서 뒹굴

다가 문득 책꽂이에 꽂혀 있던, 발음하기도 매우 생소한 제목과 저자명을 여러 번 입속에서 무심하게 되뇌곤 했습니다. 어떤 단어인지 잘 이해되지 않는 생경한 글자를 한 글자씩 읽어 갔던 것이 내가 생텍쥐페리의 『어린 왕자』라는 책의 제목과 작가의 이름을 읽게 된 최초의 순간이라 할 수 있습니다. 그러나 단 한 번도 책꽂이에서 책을 펴보지는 않았던 것 같아요.

그렇게 자란 나는 중학교에 입학했습니다. 어느 날 국어시간에 선생님이 어린 왕자에 대해 이야기를 하며 작가가 누구인지 물었습니다. 다들 조용한 가운데 제 입에서 생텍쥐페리라는 말이 반사적으로 튀어나왔습니다. 순간적으로 모두의 시선이 저에게로 쏠리는 것을 느꼈지요. 그 시선 속에는 '와, 쟤가 저렇게 어려운 이름을 알고 있다니'라는 놀라움이 담겨 있었지요. 사실 그때까지 저는 어린 왕자를 제대로 읽어보지 않았습니다. 그런데 나를 보는 국어선생님의 눈빛이 호의와 선의로 바뀌었습니다. 다음에 혹시 그 내용을 물어볼까봐 그날 바로 집에 가서 『어린 왕자』를 읽기 시작했습니다. 『어린 왕자』를 계기로 다른 책들을 읽기 시작한 나는 학교 숙제는 해야 하고 공부도 해보면 재밌다는 것을 알게 되었습니다. 나를 독서의 길로 이끌어주고, 책을 읽고 책을 쓰는 사람이 되게 해준 것이 『어린 왕자』인 셈입니다.

하지만 이것만으로 『어린 왕자』가 나의 책이 된 것은 아닙니다. 우리가 흔히 고전이라고 말하는 많은 책들은 그 책 자체에 미덕이 있기 마련이지요. 『어린 왕자』는 내 삶의 자락마다 나에게 여러 이야기를 건네주곤 했습니다.

중고등학교 시절 친구와의 문제가 생길 때면 친구란 공산품처럼 살 수 있는 물건이 아니라고 말해주었고, 그렇기에 내 입맛에 맞는 친구를 고를 수는 없다고 알려주었지요. 한창 연인과 힘들어하던 시절에는, 네가 길들인 것에는 책임이 있다는 말을 건네주기도 하고, 말이 아닌 행동을 보고 판단해야 한다는 이야기도 해주었지요. 성인이 되어 일상의 부침으로 고단해질 때면, 넌지시 다가와 소유와 가치에 대한 이야기를 해주기도 했습니다. 오래된 친구처럼 잠시 잊고 살다가도 허전한 마음이 들 때 『어린 왕자』를 읽으면 마음속이 다시금 가득 차오르기도 했습니다.

좋은 책이란 이렇듯 독자의 삶에 깊숙이 개입해서 위로와 방향을 제시해주는 책인 듯합니다. 그런 의미에서 나는 『어린 왕자』를 만나서 운이 좋았고 덕분에 행복했습니다.

아르헨티나의 위대한 작가 보르헤스는, 책은 우리에게 행복의 한 형태가 되어야 하며, 새로운 책을 읽기보다 읽은 것을 다시 읽으려 해야 한다고 말했습니다. 다시 읽는 게 새로운 책을 읽는 것보다 중요하기 때문이라고 하면서 말이지요. 그런데 다시 읽기 위해서는 이미 읽은 것이 있어야 한다고 말합니다. 보르헤스다운 아이러니로 책을 읽어야 하는 것에 대해 말하고 있지요. 하지만 나는 그의 말에서 '다시 읽기'라는 부분에 강조점을 찍고 싶습니다. 나는 내 서고에 한 번 읽고 말 책을 꽂아두고 싶진 않습니다. 몇 번이고 다시 읽을 책, 다시 읽을 수 있는 책, 그런 책이 내 친구이니까요. 보르헤스는 말합니다. "오래된 책을 읽는 것은 그 책이 쓰인 날부터 우리가 읽는 날까지 흘러간 모든 시간을 읽는 것과 같다"고 말입니다.

* 호르헤 루이스 보르헤스, 송병선 역, 말하는 보르헤스, 민음사, 2018, p.27

이 책은 이미 10여 년 전에 써두었던 것입니다. 2006년 한 여름 수유연구실에서 어린 왕자 강좌를 진행하면서, 가르치며 배운 내용이 이 책에 담겨 있습니다. 생텍쥐페리가 어린 왕자의 그림을 안주머니에 넣고 다니며 그리고 또 그렸듯이, 저 또한 이 책의 원고를 내 생각의 안주머니에 넣고 다니며, 생각하고 고치고 다시 고치며 그렇게 10년의 시간을 보냈습니다. 그러니 이 책은 내가 『어린 왕자』를 읽으며 살아온 시간에 대한 기록이면서, 『어린 왕자』에 대한 나의 고마움의 표시인 동시에, 『어린 왕자』를 읽으며 많은 이들이 자신의 책을 찾기를 바라는 마음이자, 또한 『어린 왕자』를 통해 우리의 삶이 위로받고 이해되기를 바라는 간절한 마음의 시작이라 할 수 있습니다.

　　　　　　　　　　　　　　　　　　　　　　　　　윤혜진

차 례

1장

다시 만난
생텍쥐페리

어린 왕자는 모래와 바위와 눈 가운데를
오랫동안 걷고 난 끝에
드디어 길을 하나 발견했다.

그리고 길들이란
모두 사람들 있는 곳으로
통하는 법이다.

° 생텍쥐페리가 만난 어린이

　대부분의 사람들이 어린 왕자 이야기의 첫 시작이 '코끼리를 삼킨 보아구렁이'라고 생각합니다. 물론 이야기는 보아구렁이부터 시작합니다. 하지만 『어린 왕자』의 첫 장을 넘기면 "레옹 베르트에게"라는 헌사가 나옵니다. 그러니까 생텍쥐페리가 자신의 친구인 레옹 베르트에게 보낸 편지가 바로 『어린 왕자』의 시작입니다. 그리고 그 시작에서 생텍쥐페리는 자신이 어린 왕자를 책으로 쓴 이유를 설명합니다.

　레옹 베르트에게
　이 책을 어른에게 바친 데 대해 어린이들에게 용서를 빈다. 그럴 만한 중대한 이유가 있다. 내가 이 세상에서 사귄 가장 훌륭한 친구가 이 어른이라는 점이다. 또 다른 이유도 있는데 그것은 이 어른이 모든 걸 어린이를 위한 책들까지도 모두 이해한다는 점이다. 세 번째 이유는 이 어른이 프랑스에 살고 있는데 그곳에서 굶주리고 추위에 떨고 있다는 것이다. 그는 위로 받아야 할 처지에 있다. 이 모든 이유들이 그래도 부족하다면 예전의, 어린 시절의 그에게 이 책을 바치기로 하겠다. 어른들은 누구나 다 처음엔 어린아이였다. (그러나 그것을 기억하는 어른들은 그다지 많지 않다) 따라서 내 헌사를 이렇게 고친다.

– 어린 소년이었을 때의 레옹 베르트에게

간략하게 말한다면, 그가 레옹 베르트에게 이 책을 바치는 이유는 세 가지입니다. 레옹 베르트는 생텍쥐페리가 가장 존경하며 사랑하는 친구이자, 이 세상의 모든 책들을 이해하는 인물이며, 그뿐 아니라 위로받아야 할 처지에 있는 사람이기 때문입니다. 이 세 가지 이유가 모두 중요하겠지만 내가 생각하는 가장 중요한 이

생텍쥐페리의 친구, 레옹 베르트

이 책을 어른에게 바친 데 대해
어린이들에게 용서를 빈다.
그럴 만한 중대한 이유가 있다.
내가 이 세상에서 사귄 가장 훌륭한
친구가 이 어른이라는 점이다.

유는, 레옹 베르트가 지금 "굶주리고 추위에 떨고 있다는 것"입니다. 즉 위로받아야 할 처지에 있다는 뜻이지요. 여기서 위로받아야 할 처지란 마음이 괴롭고 힘든 사람 전체를 비유하는 말인 동시에 실제 현실에서 추위와 배고픔으로 고통받는 사람들을 일컫습니다. 우리가 흔히 가진 자들이라고 말하는 사람들이 아니라 갖지 못한 사람들, 소외된 사람들 또는 전쟁이나 기근 그리고 권력자로부터 억압과 고통을 받고 있는 사람들 말입니다.

당시 생텍쥐페리의 친구 레옹 베르트는 나치 치하의 프랑스에 있었고 또한 유태인이었습니다. 그래서 그 어느 때보다 더 위험한 처지였습니다. 그러니까 생텍쥐페리가 그의 친구에게 이 책을 바치고 싶다고 한 이유는 가진 것이 별로 없는 사람들, 권력과 강압적인 힘으로부터 억압받고 있는 사람들에게 이 책이 위안이 되길 바란다는 뜻이면서, 누구든 고통받는 사람들이 있다면 그들을 고통이나 괴로움에서 벗어나게 해줄 수는 없더라도 그 고통에 공감하고 위로할 수 있어야 한다는 의미일 것입니다.

생텍쥐페리와 레옹 베르트의 만남은 1930년대 초반입니다. 콘수엘로와 결혼한 1931년부터 1944년 생텍쥐페리가 정찰비행을 나갔다가 돌아오지 않는 순간까지 그들의 우정은 이어졌습니다. 둘은 나이 차이가 22살이나 났지만 서로 친구가 되는 데 나이는 전혀 걸림돌이 되지 않았습니다. 생텍쥐페리에게 친구는 나이와 남녀, 국적 등에 국한되어 있지 않았습니다. 레옹 베르트는 나치로부터 도망치는 망명자 생활을 할 당시에도 생텍쥐페리에게 받은 『인간의 대지』를 항상 지니고 다녔다고 합니다. 은신처에 몸을 숨겨야 했을 때에도 자신을 숨겨준 주인에게 장롱 안의 이불 사이에 『인간의 대지』를 감춰 달라고 부탁했을 정도였답니다. 레옹 베르트가 이 책을 그렇게 간직하고 다닌 이유에 대해 그 책이 "부와 허영심의 상징이 아닌 우정 어린 선물이기에 소중히 챙기는"것이라고 답했습니다.

* 레옹 베르트, 양영란 역, 생텍쥐페리에 대한 추억, 이플리오, 1999, p.12.

° 위로받아야 할 친구를 위해

　　생텍쥐페리는 세상의 어디엔가 힘들고 어려운 사람이 있
다면 그들의 고통과 슬픔을 함께해야 한다고 늘 생각했습니다. 그
래서 "만약 눈물을 흘리는 어린 소녀가 있다면, 어떤 이유 때문에
그 애가 슬퍼하는지를 알고자 해야지 그 슬픔을 외면한다면 세상
의 한 부분을 거부하는 것"이나 마찬가지라고 말합니다. 때문에
소녀는 위로받아야 마땅하고 그래야만 세상이 평안할 것이라고
말입니다. 생텍쥐페리는 어린 시절부터 다시는 돌아오지 못하는
순간까지 이러한 생각을 지니고 있던 듯합니다.

　　그렇다면 왜 "어린 소년이었을 때의 레옹 베르트에게"라
고 했을까요? 그리고 생텍쥐페리가 생각하는 '어린이'는 누구일까

어린 왕자 초기 드로잉

요? 『어린 왕자』에서 "어른들은 속이 보이거나 보이지 않는 보아 구렁이의 그림들을 집어치우고 차라리 지리, 역사, 산수 그리고 문법 쪽에 관심을 가져 보는 게 좋겠다고 충고"하는 사람들입니다. 모든 어른이 그런 것은 아니지만 어른들은 눈에 보이는 확실한 숫자, 점수를 좋아하지요. 그래서 생텍쥐페리는 혹시 소중한 것은 '돈, 명예, 점수, 직업'이라고 생각하는 어른에게 이 책을 바치는 것이 행여나 '순수한 어린이들'을 모독하는 건 아닌가 염려한 것 같습니다.

그런데 이 말을 자칫 오해할 수도 있겠습니다. 왜냐하면 여기서 '어른들'이라고 지칭된 이들이 정말로 나이 많고 덩치 큰 이들을 말하는 것만은 아니기 때문입니다. 우리 주위에 있는 어린이들도 어른들과 같은 생각을 갖고 있는 경우가 꽤 많습니다. 가끔 우리는 주변에서 어린아이가 어른보다 더 영악한 생각을 하거나 이리(二利)에 밝은 경우를 보기도 합니다. 또한 친구를 자기에게 이로운지 아닌지로 저울질하거나, 공부를 잘 하거나 부유한 친구에게는 잘 하지만 자기보다 약하거나 가진 게 없는 친구는 무시하

생텍쥐페리가 레옹 베르트에게 보낸 편지

는 어린이들도 보곤 하니까요. 반대로 나이는 많지만 숫자나 돈의 가치로 세상의 기준을 삼지 않는 어른도 많습니다. 생텍쥐페리의 친구 레옹 베르트처럼 말이지요.

레옹 베르트는 2차 세계대전 당시 나치가 점령하던 프랑스에서 가난과 굶주림에 처해 있었지만, 비슷한 처지의 사람들이나 각국에서 몰려든 난민들을 돌보며 살고 있었습니다. 극단적인 상황에서 자신의 이익이나 안위를 위해 행동하는 것이 아니라 자신의 가치를 지키며 인간에 대한 애정과 헌신의 정신을 품고 있었던 어른입니다. 타인의 고통을 자신의 고통으로 느끼고 함께 행동하는 사람이었지요. 그렇기 때문에 생텍쥐페리가 말하는 어른과 어린이의 차이를 단순히 몸의 성장이나 나이로만 판단해서는 안 될 것입니다.

1. 나는야 하늘을 나는 우편배달부

어린 왕자는 모래와 바위와 눈 가운데를 오랫동안 걷고 난
끝에 드디어 길을 하나 발견했다.
그리고 길들이란 모두 사람들 있는 곳으로 통하는 법이다.

° 생텍쥐페리, 성이야? 이름이야?

지금부터는 생텍쥐페리가 자라온 그 시절에 대해서 이야
기하려고 합니다. 생텍쥐페리의 말처럼 어린 시절은 누구에게나
다 있으니까요. 비록 지금 우리가 어른이라 할지라도 말이지요. 그
렇다면 생텍쥐페리의 어린 시절은 어떠했을까요? 어떤 소년이었
을까요? 생텍쥐페리는 어떤 어린 시절을 보냈기에, 세상에서 위로
받아야 할 사람들, 그리고 어린이를 위한 이야기를 썼을까요?

우선 생텍쥐페리의 이름부터 잘 살펴보기로 해요. 앙투안 드 생텍쥐페리(Antoine de Saint-Exupéry). 조금 어렵게 느껴지는 이름입니다. 우리나라에서는 많은 사람들이 그를 그냥 생텍쥐페리라고 부르지요. 사실 생텍쥐페리는 성이고 이름이 앙투안입니다. 프랑스의 성은 대부분 그가 살고 있는 지역을 가리키는 경우가 많습니다. 우리가 잘 알고 있는 잔다르크(Jeanne d'Arc)도 실은 '아르크'라는 지역의 '잔'이라는 이름입니다.

그렇다면 '드'는 무엇일까요? 옛날 프랑스 이름에서 이름 뒤에 드(de)가 붙는 것은 가문이나 지역을 나타냅니다. 그러니까 생텍쥐페리는 생텍쥐페리라는 가문 즉 성(姓)을 말하는 것입니다. 그러니 『어린 왕자』 작가의 이름은 앙투안입니다. 이런 식으로 성을 표현하는 건 귀족사회 어디에서나 있었던 방식입니다. 그나마 성이 있는 사람은 일부 귀족이었고 나머지는 성이 없는 경우가 대부분이었습니다. 생텍쥐페리는 생텍쥐페리 가문을 지칭하는 성인 반면 잔다르크는 아르크라는 동네에 살고 있는 잔을 의미하는 것이고요.

우리나라에서도 성을 가지고 있었던 사람들은 일부 양반 가문에만 국한되어 있었습니다. 일반 양민이나 종들에게는 성이 없었던 것과 마찬가지입니다. 이런 것은 근대화 이전의 여러 나라에서 흔히 나타나는 모습이기도 합니다. 그러니 이제부터는 생텍쥐페리라고 부르지 않고 앙투안이라고 부르겠습니다. 앙투안, 왠지 이름에서도 장난기가 가득한 얼굴이 떠오르지 않나요?

『어린 왕자』를 더 잘 이해하기 위해서, 그리고 『어린 왕자』를 통해 우리의 세상을 더 잘 알기 위해서 앙투안의 과거로 떠나 볼까요?

앙투안은 어떤 어린이였을까요? 한번 상상해 보아요. 우리의 상상력을 마음껏 발휘해서 앙투안의 과거로 떠나보는 거예요. 그의 외모부터 잠깐 살펴볼까요? 외모는 의외로 많은 것을 말해주니까요. 눈은 부엉이처럼 크고, 머리는 곱슬거리는 금발에, 얼굴은 동그랗고, 매우 장난스런 미소를 지닌 아이였네요. 여러분이 상상한 것과 비슷한가요? 아니면 전혀 다른 모습인가요?

앙투안은 상상력이 풍부한 아이였습니다. 이야기를 좋아해서 '왕관'이라고 칭하던 푸른색 작은 의자를 끌고 다니며 어머니를 졸라 안데르센 동화를 비롯한 여러 이야기를 듣곤 했습니다. 어린 왕자가 자신의 별에 앉아 해 지는 풍경을 바라보던 모습이 떠오르지 않나요? 어린 왕자가 지는 해를 바라보며 공상의 세계로

생텍쥐페리의 어머니 마리 드 생텍쥐페리, 아버지 장 드 생텍쥐페리(위)
형제자매들(왼쪽부터) 마리 마들렌, 가브리엘, 프랑수아, 앙투안, 시몬(아래)

떠났던 것처럼 어린 앙투안도 푸른색 의자를 끌고 엄마 앞에 앉아 이야기의 세계에 빠져 지냈답니다.

또 앙투안은 호기심이 많아서 남동생 프랑수아를 데리고 돛을 단 자전거를 만들기도 했습니다. 그뿐만 아니라 그 당시 처음 선보이기 시작한 만년필을 분해하는 것을 아주 좋아하는 장난꾸러기였답니다. 이런 앙투안의 호기심은 어른이 되어 놀라운 물건들을 발명할 수 있게 하는 소중한 자산이 됩니다. 어떤 발명을 했을지 궁금한가요? 앙투안은 발명가로서 1931년에 계기착륙장치, 무선방향탐지 그래프, 방향지시기 판독장치를 발명하고 특허를 받기도 했답니다. 어린 시절의 앙투안은 공부를 열심히 하는 모범생은 아니었고, 오히려 주의가 좀 산만한 어린이였지요. 모든 아이들이 그렇듯 말이에요.

이러한 앙투안이 학교를 좋아하지 않았다는 것은 어쩌면 당연해 보입니다. 그런데 앙투안과 프랑수아는 예수회 소속의 엄격한 기숙 중학교에 입학하게 됩니다. 앙투안은 새벽 6시에 일어나고 문법 수업을 해야 하는 학교생활을 너무나도 싫어했습니다.

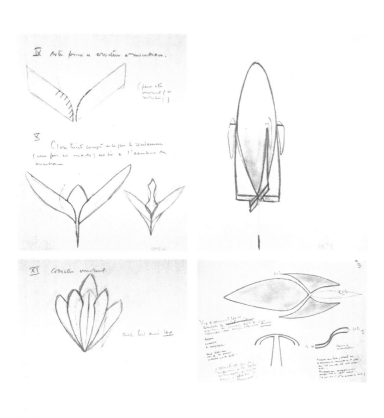

앙투안의 다양한 발명품 드로잉

차라리 병이 나서 양호실에 누워 있으면 좋겠다는 생각을 자주 했다고 합니다. 수업을 받기 싫어서 실제 그렇게 하기도 했다는군요.

앙투안의 가족은 대가족이었어요. 부모님은 슬하에 딸 셋 아들 둘을 두었지요. 앙투안은 그중 셋째로 태어났습니다. 앙투안의 집안은 지방 귀족이라 할 수 있었습니다. 물론 그 당시 프랑스에서 귀족은 점점 신흥 부르주아에 밀려서 더 이상 특권층이라 할 수 없었지만 그래도 성(城)과 넓은 토지를 소유하고 있었지요. 생텍쥐페리의 가문은 그 이름이 베르사유궁에 올랐을 정도였지만 당시 많은 귀족들이 그러했듯이 나중에는 자신들의 성을 팔고 생업에 종사하게 됩니다. 앙투안의 아버지는 보험회사 감독관으로 일을 하게 되었고 이때 앙투안의 어머니를 만나 결혼을 하게 됩니다. 앙투안의 어머니 마리 드 생텍쥐페리(결혼 전 퐁스콜롱브)는 예술적 전통을 지닌 가문에서 자라나서 감수성이 풍부했고, 미술과 음악에 소질이 많았습니다. 어머니는 가끔씩 아이들의 초상화를 그려주기도 했습니다.

° 세상엔 나쁘기만 한 일도,
좋기만 한 일도 없지

어머니, 아버지 그리고 형제자매들과 행복하게 지내던 시절은 앙투안이 네 살 되던 해에 갑작스럽게 변합니다. 앙투안의 아버지 장이 어느 날 괴한의 습격으로 인해 목숨을 잃고 만 것입니다. 아버지의 죽음은 매우 슬픈 일이고 이로 인해 생텍쥐페리가의 아이들은 아버지 없이 자라게 되지만, 앙투안에게 있어 아버지가 없다는 사실은 엄격하고 전통적인 사상을 이어받지 않아도 된다는 의미이기도 했습니다. 생텍쥐페리가의 아이들이 매우 자유롭게 자라날 수 있었던 것도 아버지가 계시지 않았기 때문에 가능한 일이었겠지요. 어떤 일이든 나쁘기만 하거나 좋기만 하거나 하지 않듯이, 아버지의 빈자리는 오히려 생텍쥐페리가의 아이들이 자신들에게 주어진 풍부한 예술적 기질을 맘껏 누릴 수 있는 기회가 되었습니다.

아이들은 그 당시의 아버지들이 보였던 권위의식에서 벗

어나 어머니의 관대함과 아이들만의 자유로움으로 더없이 자유로운 시절을 보내게 됩니다. 그리고 이러한 어린 시절이 성인이 된 앙투안에게 자신의 예술적 재능을 마음껏 발휘할 수 있는 자양분이 되었습니다. 때론 남들에겐 있고 나에겐 없는 것이, 나를 다른 이들과는 다른 모습으로 만들어주는 거름이 되기도 하지요.

앙투안은 아버지의 사랑을 받지 못하고 엄마의 사랑에만 의존했지만, 아버지가 있었다면 자유와 예술을 사랑하는 마음 그리고 다른 사람의 아픔을 나의 아픔으로 느끼는 공감의 정서는 훨씬 덜했을 겁니다. 어쩌면 앙투안이 아버지처럼 보험회사에서 일했을지도 모릅니다.

생텍쥐페리가의 아이들은 함께 피아노와 바이올린 수업을 받고, 노래와 그림을 배우고, 시와 희곡 작품을 써서 직접 연기도 하면서 예술적 재능을 마음껏 발휘하며 커나갑니다. 토니오라는 애칭으로 불리던 앙투안 역시 어려서부터 시를 짓기 시작했고 가족 앞에서 시를 낭송하기도 했습니다. 어른이 되었을 때, 앙투안이 보여주는 아이와 같은 천진함과 카드 마술과 장난을 좋아하는 취미 그리고 새로운 것을 발명하는 재능은 그가 어린 시절 어머니와 형제자매들과 함께 생모리스성에서 보낸 자유로운 나날 덕분이라 할 수 있습니다.

자유로운 어린 시절을 보낸 앙투안. 앙투안의 자유에 대한 열망은 하늘을 날고 싶다는 희망으로 커집니다. 앙투안이 어떻게 하늘을 날게 되는지 한번 볼까요?

◦ 하늘을 나는 우편배달부

앙투안이 비행 조종사였다는 건 알고 있나요? 『어린 왕자』에서 어린 왕자와 함께 사막의 우물을 찾으러 다니던 그 비행사처럼 우리의 아저씨 앙투안도 비행사였습니다. 예수회 소속의 엄격한 기숙학교에 다니던 장난꾸러기 앙투안이 어떻게 비행사가 되었을까요?

앙투안이 비행기를 처음 본 것은 1912년, 12살 때입니다. 앙투안은 비행기가 나는 모습을 보고 거대한 박쥐들이 난다고 생각했지요. 앙투안이 어른이 되어서도 잊지 못했던 생모리스 저택. 그 저택에서 6킬로미터 떨어진 곳에 비행기 제작을 실험하던 앙베리외 비행장이 있었는데, 앙투안은 이곳에서 처음으로 비행기에 오릅니다. 물론 어머니는 안전에 대한 염려 때문에 앙투안에게 절대 비행기를 타지 말라고 당부하지만 앙투안의 호기심은 어머니의 당부보다 훨씬 더 컸지요. 모든 인간이 그렇듯이 말이지요. 앙투안은 그 첫 비행의 기억을 평생 잊지 못합니다.

앙투안은 우리가 생각하는 모범생처럼 고분고분하게 부모님이나 선생님의 말씀을 잘 듣는 아이는 아니었던 것 같아요. 오히려 그 반대였습니다. 어머니를 매우 사랑했지만 그렇다고 어머니가 원하는 대로 하는, 어머니의 말을 잘 듣는 아들은 아니었습니다. 직업도 결혼도 모두 어머니의 뜻과는 다른 길을 가서 어머니를 힘들게 했으니까요.

앙투안은 1917년, 17살에 해군사관학교 입학시험 준비를 위해 파리로 갑니다. 당시 프랑스에서 해군사관학교는 공직자나 사회 지도자가 되기 위해 거치는 좋은 학교였습니다. 그런데 두 번이나 시험에서 떨어지고 맙니다. 만약 앙투안이 해군사관학교에 진학했다면, 우리는 앙투안이 남긴 작품들을 만나보지 못했을 겁니다. 그러니 그의 실패는 오히려 위대한 작가를 탄생하게 한 고마운 실패이지요.

21살이 된 앙투안은 전투기 조종사가 되고 싶어서 해군에

복무하지만 지상 정비사로 일을 하게 되자, 어머니를 조르고 졸라서 민간 항공기 조종사 수업을 받습니다. 많은 자식들이 그렇듯 앙투안도 결국 어머니의 경제적 지원으로 조종사 자격증을 취득합니다. 앙투안의 많은 모습이 우리가 어린아이였을 때나 지금의 모습을 떠올리게 합니다. 과거의 나와 현재의 나 말입니다. 부모님이 안 된다고 하는 일을 하겠다고 계속 조르고 부모님의 속을 태우는 것까지요. 우리 모두, 그리고 우리의 부모님 또한 그들의 부모님에게 그랬겠지요.

그리고 조종기술을 더 배우기 위해 모로코로 가서 꿈에 그리던 사막 위를 비행하게 됩니다. 그러나 처음 비행하게 된 사막은 상상했던 것과 달리 돌멩이와 잡초뿐이었습니다. 하지만 1년 후 앙투안이 모로코를 떠날 때는 그곳에서 보낸 시간과 경험 들을 아주 좋아하게 되지요. 이때의 경험은 이후 그의 책에서 다양한 이야기로 소개됩니다.

앙투안은 여러 차례 비행기 사고를 당했습니다. 그의 첫 비행사고는 프랑스의 부르제 상공 비행 때입니다. 이 일로 인해 앙

안데스 산맥 비행(위)
생텍쥐페리의 지도와 면허증(아래)

투안은 군에서 제대하게 됩니다. 비행을 하지 못하게 되자 앙투안은 하늘을 날고 싶다는 생각에 사로잡힙니다. 그리고 지상에서의 삶이 매우 지루하다고 여기게 됩니다. 그에게 하늘은 언제나 자유로운 공간이자 자신을 흥분시키는 곳이었어요. 그건 아마도 늘 몸과 영혼이 자유롭기를 원했고, 그가 가장 자유롭다고 느끼는 곳이 하늘이었기 때문일 겁니다. 하지만 앙투안도 자기가 원하는 대로만 사는 게 자유가 아니라는 것쯤은 알고 있었습니다. 그래서 자신의 뜻과 어긋나는 일이 생길 땐 적극적으로 싸움을 하기도 했지만 그렇다고 '규율'과 '규칙'을 무시하지도 않았습니다. 어떤 때는 그 '규율'과 '규칙'이 오히려 자신을 단련시켜 준다는 것도 잘 알고 있었습니다.

앙투안은 1926년 항공회사에 들어갑니다. 그리고 그곳에서 디디에 도라라는 비행기 운항 부장을 만나게 됩니다. 디디에 도라는 그가 지금껏 경험해 보지 못했던 사람이었습니다. 그는 부하 직원들에게 엄격한 규율을 요구했습니다. 작은 실수도 용납하지 않았습니다. 그런데 앙투안은 그런 디디에 도라의 엄격한 규율을 받아들입니다. 훗날 앙투안은 이 시기를 '수련기'라고 회상합니다. 이 규율의 문제는 이후 『어린 왕자』에서 어린 왕자가 매우 중요하게 여기는 말 중 하나가 됩니다.

앙투안은 어린 왕자의 입을 빌려서 '규율을 지키지 않으면 어떻게 되는지'를 설명합니다. 특히 바오밥나무의 씨앗이 별을 산산조각 낼 수 있기 때문에, 아침에 몸단장을 한 뒤 정성 들여 별의 몸단장을 해주어야 하고, 규칙적으로 신경을 써서 장미와 구별할 수 있게 되면 바로 그 바오밥나무를 뽑아야 한다고 말합니다. 그렇지 않으면 자신의 별이 사라지고 말 테니까요. 반드시 해야만하는 일, 그래서 게으름을 피우거나 지연시킬 수 없는 일, 그런 것들이 바로 규율을 지켜야 하는 까닭이지요.

자유로운 삶을 무엇보다 중요하게 여기고 언제나 자기 멋대로 원하는 대로 사는 것 같은 앙투안이지만 규율이 자신을 단련시켜 주고 자신을 큰 위험에서 지켜준다는 것을 앙투안은 잘 알고 있었습니다.

디디에는 앙투안을 모로코 남부 캅쥐비에 있는 우편중계소의 소장으로 파견합니다. 이곳에서 앙투안은 수도사 같은 생활을 하게 되는데 나중에 쓰게 될 작품의 소재들 모두 여기에서 얻게 됩니다. 사람들과 관계를 맺는 법, 사람들을 사랑하는 법, 외로움을 즐기는 법, 그리고 기다리고 인내하는 법. 특히 이곳에서 앙투안의 임무는 원주민인 무어족과 스페인 사람들 간의 문제를 해결하고 서로 다툼이 일어나지 않도록 돕는 것이었습니다. 일종의 친선대사 역할이었지요. 모로코 부족들은 조종사들을 포로로 잡고선 몸값을 받지 못하면 종종 처형까지 했기 때문에 이 부족들과 좋은 관계를 유지하는 것은 매우 중요했습니다.

이곳에 있는 동안 앙투안은 사막의 작은 여우를 길동무로 삼기도 하고, 책을 쓰면서 시간을 보내기도 합니다. 무엇보다 앙투안은 "이곳에서의 나의 역할은 '길들이는 것'. 나는 이 어여쁜 말이 마음에 든다"고 말합니다. 사람과의 관계 맺기의 중요성과 '길들

캅쥐비에서 동료 조종사들과 함께, 1928년(위)
우편 중계소장 당시의 생텍쥐페리(아래, 중앙)

인다'는 것의 의미를 사막 한가운데서 깊이 고민하기 시작한 것입니다. 이후 '관계 맺기'는 앙투안의 모든 작품에 등장하는 중요한 주제가 됩니다. 『어린 왕자』에서도 어린 왕자와 여우, 장미, 비행사를 통해서 더 깊이 있게 다루어지고요.

우편비행을 하면서 앙투안은 자신의 비행이 사람과 사람 사이를 연결해주는 매우 중요한 일이라는 것을 알았습니다. 그렇기 때문에 우편비행을 위해 할 수 있는 모든 노력을 기울였습니다. 예를 들어 날씨가 아무리 궂어도 우편물이 제 시각에 배달되려면 누군가의 희생이 필요하고 그 누군가가 나일 수 있다는 것을 잘 알고 있었던 거죠. 자신의 일이 사람과 사람의 마음을 연결해주고 세상과 세상을 연결해주는 중요한 일이라는 사명감을 갖고 있었던 것입니다. 그래서 앙투안은 "이유가 무엇이든 배달이 지연되는 것은 그 자체로 불명예스러운 일임을 나는 알게 되었다"고 고백합니다.

앙투안은 우편비행을 통해 사람들 사이를 오가며 그들을 연결해주는 일 자체를 사랑했습니다. 마찬가지로 친구를 만들고 친구와 우정을 만드는 일 또한 사람과 사람을 연결해주는 아주 멋진 일이라고 생각합니다. 그 때문에 앙투안은 "이 세상 사람들 중에 나와 조금이라도 친분 관계가 없는 사람은 없다. 비록 그 관계가 지극히 미미하고 찰나적이라 할지라도"라고 생각했습니다. 누구라도 자신과 관계된 사람들이며, 모두 그런 관계 속에서 살고 있다는 생각을 항상 했던 것 같습니다. 그래서 앙투안은 여러 곳에서 여러 계층의 친구들을 사귑니다. 물론 그 사람들 중에는 앙투안과 친구가 될 수 없었던 이들도 있었지만, 앙투안에게 우정이 무엇인지를 가르쳐주었던 친구들도 있었습니다. 그러면 앙투안이 어떻게 친구들과 관계를 맺는지 한번 볼까요.

2;

관계의 매듭,
앙투안의 친구들

"난 친구들을 찾고 있어. '길들인다'는 게 뭐지?"
어린 왕자가 말했다. "그건 너무나 잊혀지고 있는 거지.
그건 '관계를 만든다'는 뜻이야."
여우가 말했다. "관계를 만든다고?"

앙투안은 『어린 왕자』뿐만 아니라 다른 소설에서도 사람
이나 사물과의 관계 맺기의 중요성에 대해서 많이 다루었습니다.
그리고 특히 여러 관계들에 대해서 다양하게 이야기하고 있는 작
품이 바로 『어린 왕자』이고요. 『어린 왕자』를 통해서 앙투안은 친
구를 사귀는 것이 어떻게 우리의 삶을 따뜻하고 성숙하게 만들 수
있는지 잘 보여주지요. 이에 대한 자세한 내용은 우리 다음 장에
서 이야기하도록 하고, 여기서는 앙투안이 자신의 친구들과 어떻
게 관계를 맺었는지 살펴보도록 해요.

생텍쥐페리와 기요메, 라테 28기 앞에서(위)
안데스 산맥에서 살아 돌아온 기요메(아래)

° 소중한 감정, 우정

앙투안은 자신이 가장 소중히 여기는 감정이 '우정'이라고 항상 말했습니다. "오랜 친구는 만들 수 있는 게 아니"라고도 말했습니다. 레옹 베르트 역시 앙투안과 오랜 우정을 나누며 앙투안에게 새로운 세계를 선물한 친구입니다. 레옹 베르트는 앙투안을 추억하면서 "사랑을 사고파는 유곽은 있어도 우정을 취급하는 별도의 장소란 이 세상 어디에도 존재하지 않는다"라면서 우정이 갖는 관계의 특별함에 대해 강조했습니다. "친구를 있는 그대로의 모습으로 받아들이지 않고서는 우정은 성립할 수 없다. 친구들 가운데 어느 한쪽이 나머지 다른 한쪽보다 우위에 서거나 그 반대일 경우, 또 두 사람이 하나로 융합될 경우 우정은 더 이상 존재하지 않는다"고 말합니다.

레옹 베르트의 말은 친구와의 관계에서 매우 중요한 몇 가지 비밀을 우리에게 알려줍니다. 누군가 한쪽이 우위에 설 때, 그리고 둘이 하나가 될 때 그 관계가 맺어질 수 없다는 것입니다. 우정은 상호적인 것이지 결코 어느 한쪽만의 노력이나 희생으로는 이루어질 수 없습니다. 그런데 두 번째 문장은 좀처럼 이해하기 쉽지 않습니다. 대개 우리는 둘이 하나가 되면 서로를 더 잘 이해하게 된다고 생각합니다. 그러나 레옹 베르트는 둘이 하나가 될 때 우정은 더 이상 존재하지 않는다고 말합니다. 여기서 하나가 된다는 것은 두 사람의 관계가 서로에게 새로운 세상을 만나게 해주는 통로를 잃어버렸다는 뜻입니다. 나와 똑같다거나 의견이 늘 맞고 잘 통하는 사람하고만 친구가 되고 우정을 나눈다는 것은 잘못된 생각이라는 것이지요.

예를 들어 나와 취미가 같고 생각도 같은 친구가 마음도 잘 통하고 좋을 것 같지만, 사실 그는 나와 다르지 않은 사람입니다. 세상에 그 누구도 나와 똑같을 순 없겠지만 서로 다른 사람들이 만나서 또 다른 이야기를 만들어가는 것. 아마 이것이 우정이고 우리가 말하는 성장과 성숙이 아닐까요? 『어린 왕자』에서 여우와 어린 왕자가 친구가 되었던 것처럼 말이에요.

여우가 어린 왕자에게 "서로를 길들였기 때문에 어린 왕자의 금빛 머리카락을 닮은 밀밭 사이를 지나가는 바람소리를 사랑하게 되었다"고 말하는 것처럼요. 여우가 어린 왕자와의 우정을 통해 세상을 더욱 사랑할 수 있게 된 것처럼, 앙투안은 많은 친구들과의 우정을 통해 그 친구들이 만난 세상을 알고 사랑하게 됩니다. 그리고 그 친구들과의 우정 어린 대화를『어린 왕자』를 통해 들을 수 있는 것이고요.

앙투안의 주변 인물 드로잉

° 가르치는 게 아니라 친구로 만들어,
   나의 친구 기요메

   그렇다면 앙투안에게 최고의 친구는 누굴까요? 어느 한 사
람을 선택하기는 좀 힘듭니다. 각각의 친구 모두 앙투안에게 새로
운 세상을 알게 한 스승이며 친구였으니까요.
   먼저 앙투안이 비행기 조종사였을 때, 앙투안을 새로운 세
계로 안내한 친구부터 만나볼까요? 1927년 앙투안은 툴루즈-카
사블랑카, 카사블랑카-다카르 사이의 우편비행을 맡습니다. 그리
고 이때 그의 비행 인생에서 빼놓을 수 없는 스승이자 친구인 기
요메를 만납니다. 기요메는 앙투안에게 있어서 영혼의 친구이자
스승이었습니다. 앙투안이 첫 우편비행을 하기 전날 기요메는 본
래(지도상 없는) 존재하지 않는 새로운 지도를 앙투안에게 보여줍
니다.

   내 지도 위의 스페인은 램프 불빛 아래에서 차츰 동화 속의 나

라가 되어갔다. 나는 은신처와 함정들에 십자 표시를 해 나갔다. 저 농가, 저 시냇물, 저 서른 마리 양떼에도 십자 표시를 했다. 지리학자들이 빠뜨린 양 치는 여인의 정확한 위치에도 표시를 했다.

기요메가 준, 세상에 존재하지 않는 지도에 대해 앙투안이 느낀 점을 이야기한 부분입니다.

기요메는 앙투안에게 세상에 하나뿐인 지도를 주었습니다. 다른 어떤 지도보다 앙투안이 비행을 하는 데 많은 도움을 얻었던 지도입니다. 일반 지도책에는 없는 새로운 지도가 만들어지고 그 지도는 앙투안에게 새로운 세계로 모험을 떠나는 보물지도가 됩니다. 세상에 존재하지 않는 나만의 보물지도, 기요메는 앙투안에게 그만의 보물지도를 선물한 것입니다.

그런 기요메가 안데스 산맥에서 실종됐다는 소식을 듣습니다. 앙투안은 기요메의 비행기 잔해라도 찾기 위해 눈 덮인 안데스 산맥을 여러 차례 비행합니다. 다들 기요메가 죽었다고 말했지만 기요메는 추락한 지 6일이 지나 안데스 산맥을 걸어서 돌아옵니다. 그러곤 사람들에게 주검으로라도 발견되고 싶었다고 말합니다. 죽어서라도 발견되고 싶었던 심정으로 걸어 걸어 온 것이지요. 그 덕분에 살아 돌아올 수 있었던 것이었습니다. 앙투안은 이런 기요메를 통해 인간의 생명과 존엄에 대한 통찰을 얻게 됩니다. 그리고 밤새 기요메 곁을 지키며 그가 살아 돌아온 것에 감사합니다.

° 까탈스럽지만 사랑스러운
  나만의 장미, 콘수엘로

앙투안에게 보물지도를 선물한 사람은 기요메만이 아닙
니다. 『어린 왕자』에 등장하는 장미를 기억하나요? 조금 까탈스럽
지만 사랑스러운 장미 말이에요. 앙투안에게도 어린 왕자의 장미
처럼 변덕스럽고 나약한 존재이지만 사랑의 의미를 깨우쳐 주었
던 존재가 있었습니다. 바로 아내 콘수엘로입니다. 콘수엘로는 화
산이 많은 나라 엘살바도르에서 온 아름답고 매력적인 여인이었
습니다. 미술과 문학을 사랑했고, 무엇보다 앙투안을 많이 사랑한,
그에게 문학적인 영감을 많이 준 인물입니다.

어린 왕자가 장미의 말 때문에 자신의 별을 떠나온 것을 후
회하고 다시 돌아가고 싶어 했던 것처럼 앙투안도 콘수엘로와 다
투고 떠났지만 늘 다시 콘수엘로에게 돌아가곤 했습니다. 둘은 사
이좋은 친구라기보다 서로 싸우고 후회하고 화해하는 친구에 가
까웠습니다. 서로에 대해 잘 이해하지 못했지만 서로에 대해 안타

까워하는 마음, 서로를 사랑하는 마음이 가득했지요. 그리고 둘 중 하나가 어려운 일을 겪게 되면 언제나 서로에게 달려가곤 했습니다. 앙투안은 비행기 추락사고로 두세 번 죽을 고비가 있었습니다. 그때마다 콘수엘로는 한 번도 희망을 잃지 않고 앙투안이 살아나기를 간절히 기도하면서 그의 곁을 지킵니다.

아마 앙투안에게 있어서 자신과 가장 다른 친구를 꼽으라면 앙투안은 주저하지 않고 콘수엘로라고 말할 것입니다. 그럼에도 앙투안은 자신과 가장 다른 친구 콘수엘로를 통해 가장 중요한 것을 깨닫게 됩니다. 『어린 왕자』에서도 나오는 말이지요.

당신을 만나러 갈 거고,
세상 어떤 나라라도 가서
당신과 결혼할 거요.

_앙투안이 콘수엘로에게

앙투안이
콘수엘로에게 보낸
전보

"나는 그때 아무것도 이해할 줄 몰랐어. 그 꽃의 말이 아니라 행동을 보고 판단했어야만 했어. 그 꽃은 나에게 향기를 선사했고 내 마음을 환하게 해주었어. 결코 도망치지 말았어야 하는 건데! 그 가련한 꾀 뒤에는 애정이 숨어 있다는 걸 눈치챘어야 하는 건데 그랬어. 꽃들은 그처럼 모순된 존재거든! 하지만 난 너무 어려서 그를 사랑할 줄을 몰랐던 거야."

말이 아니라 행동을 보고 판단해야 한다는 걸 알게 됩니다. 이건 아마 눈에 보이는 것, 귀에 들리는 대로만 판단했을 때, 친구를 이해할 수 없다는 뜻이겠지요.

어린 왕자가 자신의 별을 떠나 다른 별들을 여행하고, 지구에 와서 여우를 만나 성숙해진 것처럼 앙투안은 콘수엘로를 떠나 다른 나라들을 떠돌아다닙니다. 그러곤 미국에 도착해서 자신에게 절실하게 필요한 사람이 누구인지, 자신의 장미꽃 콘수엘로와 어떻게 하면 좋은 친구가 될 수 있을지 깨닫게 됩니다. 결국 앙투안과 콘수엘로는 미국에서 다시 만납니다.

미라도르 별장에서 앙투안과 콘수엘로

그리하여 나는 더 이상 사랑받지 못했다.
나는 그런 여자가 되었다. 더 이상 사랑받지 못하는 …
콘수엘로

3; 토니오, 앙투안, 생텍쥐페리, 비행사, 발명가 그리고 작가

너무도 인상 깊은 신비스러운 일을 당하게 되면
누구나 거기에 순순히 따르게 마련이다.

　　세상에 '사람'보다 놀라운 책이 또 있을까요? 누군가를 잘
안다고 여겼는데 참 알 수 없는 모습을 보기도 하고, 일관성이 있
어 보이는 동시에 불합리한 판단도 하는, 온갖 모순으로 가득 찬
존재가 바로 '사람'이 아닐까 합니다. 지고한 정신세계를 갖고 있
는 이들의 일상도 찬찬히 살펴보면 쪼잔하고 잘디잔 마음의 옹졸
함이 엿보이기도 하지요. 그러니 김수영 시인이 「어느 날 고궁을
나오면서」라는 시에서, 거대한 문제가 아니라 사소한 것에 분개하
는 옹졸한 화자의 모습에 많은 이들이 공감하는 것이겠고요.

우리 인간이란 얼마나 다중적인가요? 내 마음조차 오늘과 내일이 다르고, 어느 때는 납득할 수 있었던 일이 어느 때는 불같이 분노하는 일로 바뀝니다. 환경을 위해 태양광을 설치해야 한다면서 목소리를 높이는 한편, 전자제품들이 주는 편리함을 포기할 수 없어서 에어컨이나 빨래 건조기 같은 전기를 많이 소모하는 기기들을 끼고 살기도 하지요. 입장에 따라서 선택이 바뀌는 일은 너무도 많습니다. 가치관이 크게 흔들리지 않는 한 우리는 문풍지보다 얇은 마음으로 삶의 순간들을 보내곤 합니다. 어떤 일은 알지만 어쩔 수 없이, 어떤 일은 알 수 없기에 모르는 상태에서 그렇게 행동합니다.

유명인사들도 범인(凡人)과 많이 다르지 않습니다. 누군가의 말로 그를 판단하는 것은 쉽지 않습니다. 이미 많은 정치인들이 하는 멋진 말이 어느새 바뀌는 걸 수없이 목격해 왔고요. 특히 자신들이 지향하는 세계와 딛고 사는 세계의 괴리가 큰 경우를 보기도 합니다. 그들의 현재 삶이 그들이 지향하는 삶과 다르다고 대놓고 비난할 수 없을 겁니다. 더구나 당신의 삶이 그렇지 않으니 당신이 말하는 좋은 의도의 지향점과 가치관을 바꿔야 한다고는 더더욱 말할 수 없습니다. 앙투안도 예외는 아닙니다. 그가 이야기하는 인간에 대한 애정과 사랑에 대해서, 그의 삶에서 다른 모습이 보인다고 비난할 수는 없을 겁니다.

이번에는 우리가 알고 있다고 생각하는 앙투안 즉, 어린이의 마음을 지니고 있으며 타인에 대한 사랑과 이해가 깊고 길들인 것에는 책임이 따른다는 놀라운 말을 쏟아낸 앙투안이 아니라, 한없이 작기도 하고 감정의 기복이 크며 현실에서는 전혀 좋은 남편이 아니었던 앙투안에 대해 살펴볼까요? 방랑기 있고 사치스러우며, 사랑에 대해 책임감 없어 보이는 덩치만 큰 앙투안에 대해서 말이에요.

누구에게나 그런 모습이 있습니다. 실망할 수도 있지만, 비난은 하지 말자고요. 삶의 무게와 그 무게를 짊어지는 모습은 아주 다양하니까요. 그들의 삶에 대한 평가나 비난보다 그들이 자신의 삶 속에서 어떤 선택을 했으며 그 선택의 무게를 어떤 식으로 감당했는지에 대해서 생각해 보면 좋겠습니다.

° 덩치 큰 어린아이, 토니오

　앙투안은 큰 곰 같은 외모를 지니고 있었습니다. 특히 크고 동그란 두 눈과 약간 벗겨진 머리, 장난꾸러기 같은 미소, 그러나 웃지 않으면 화가 나 보이는 눈매까지. 미남형 외모라 할 수는 없지만, 그가 지닌 유쾌한 매력은 많은 이들이 좋아할 만했습니다. 여성들도 말이지요.

　앙투안은 꽤 많은 여성과 사랑을 했었는데요. 학창시절, 사랑하던 루이즈 드 빌모랭과 결혼하고 싶어 했으나 루이즈가 약혼을 거부하면서 괴로워합니다. 자신이 못생겼기 때문이라고 생각하고, 다시는 누구에게도 사랑받을 수 없을 거라고 여깁니다. 이 시기에 앙투안은 어머니와 같은 따뜻하고 안정적인 여성을 만나 결혼하기 원했지만, 자신을 따르는 여성들과의 일회적인 만남으로 시간과 돈을 탕진하며 지냅니다. 비행하면서 책도 집필하며 돈도 넉넉히 벌지만, 술집이나 유흥가를 다니면서 월급을 남김없이 다 써버리기도 했지요. 그러나 그 무엇도 앙투안에게 만족과 행복을 안겨주지는 못합니다. 그 무렵 엄마에게 쓴 편지에는 어린 시절 엄마와 함께했던 기억과 엄마에 대한 사랑과 그 시절의 평온함에 대한 그리움이 담겨 있습니다.

앙투안은 성인이었지만, 마음은 온통 어린 시절 생모리스 저택에서의 삶에 멈춰 있는 듯 보였습니다. 그 때문에 자신을 어머니처럼 받아주고 안아줄 이상적인 여성을 기다리고 있었지요. 자신의 배우자가 아니라 어린 시절을 재현시켜 줄 또 다른 엄마를 찾고 있었으니 앙투안이 제대로 된 남편이 되기란 어려웠습니다. 부인이 엄마는 아니니까요.

그런 앙투안이 엘살바도르에서 온 콘수엘로를 보자마자 사랑에 빠져듭니다. 당시 스물일곱 살이었던 콘수엘로는 이미 두 번 결혼에 두 번 다 남편과 사별한 미망인이었습니다. 아르헨티나 영사이면서 작가였던 엔리케 고메스 카리요(Enrique Gómez Carrillo)가 오십이 넘어 콘수엘로와 결혼했을 때, 그녀의 매혹적인 아름다움과 예술가적인 기질, 뛰어난 말솜씨에 매료되었다고 합니다. 하지만 결혼생활은 오래 지속되지 못합니다. 엔리케 고메스 카

생라자르역에서

매일 저녁, 우리가 묵던
퐁 루아이얄 호텔의 허름한 방에서
그이는 지도를 접었다 폈다 했다.
그이는 내게 바그다드와
외국의 도시 이야기를 해주었다.
_앙투안에 대한 콘수엘로의 회고

리요가 결혼 1년 만에 세상을 떠났기 때문입니다. 상중이었던 콘수엘로는 남편의 유산과 관련한 일을 처리하기 위해서 부에노스아이레스로 향하던 여정 중 앙투안에 대한 이야기를 듣습니다. 그리고 얼마 후 부에노스아이레스 사교계 모임에서 앙투안과 만나게 됩니다.

콘수엘로를 본 첫날 앙투안은 그녀와 함께 비행을 하며 시간을 보냈고 그녀가 자신과 결혼하게 될 거라고 통보합니다. 그렇게 폭풍 같은 사랑에 빠져듭니다. 수십 페이지에 달하는 편지를 콘수엘로에게 보내고 주변 사람들에게는 자신이 얼마나 행복한지를 떠벌리고 다닙니다. 키가 큰 금발의 여성만 좋아하던 앙투안이 갈색머리의 조그만 외국인에게 폭포수 같은 사랑을 쏟아붓습니다. 아르헨티나 혁명으로 인해 남편의 유산을 찾을 수 없게 된 콘수엘로에게 앙투안은 "위대한 남자의 과부로 사느니 살아서 힘껏 당신을 지켜주는 남자의 아내가 되는 게 훨씬 낫다"고 말하며 청혼합니다. 그러나 앙투안이 살아서 힘껏 지켜주는 남자가 되겠다는 약속은 잘 지키지 못했던 것 같습니다.

1931년 4월 22일 니스 시청에서 올린 결혼식.
검은 드레스에 패랭이꽃을 든 콘수엘로.

가족 증명서

당신에게
청혼하고 있는 거예요.
당신 손이 좋아요.
이 손을 혼자서만
간직하고 싶어요.
_앙투안

어머니를 비롯한 가족들이 콘수엘로를 못마땅하게 생각하자 그녀에 대한 앙투안의 마음 또한 흔들립니다. 콘수엘로에게 연락도 없이 떠나 있다가 다시 돌아와서 용서를 빌고 다시 사랑을 약속합니다. 이런 남자를 어찌 믿을 수 있을까 싶지만, 콘수엘로는 이미 사랑에 눈먼 여인이었습니다. 결혼식 날, 앙투안은 결혼식을 올리기로 한 시청에서 도살장에 끌려온 소의 눈망울을 하고는 혼인서약을 묻는 물음에 '네'라는 대답을 하지 않습니다. 어머니가 결혼식에 오지 않았기 때문입니다.

　　지금 우리가 이런 남자를 봤다면, 참 구차하고 별볼일 없는 남자라고 말했겠지요. 나약하고 믿음직스럽지 않은 남자, 말은 거창하지만 보이는 행동은 신뢰할 수 없는 그런 남자 말이지요. 여전히 엄마의 품이 그립고, 엄마의 허락이 필요한, 몸만 성인인 이 미숙한 남자는 그렇게 마침내 콘수엘로와 결혼을 합니다.

° 나는 어디 여긴 누구?

1931년, 앙투안과 콘수엘로는 가톨릭 예식으로 결혼식을 올립니다. 전남편의 상중이었던 콘수엘로는 흰색 드레스 대신 검은 드레스를 입고 손에는 붉은색의 패랭이꽃을 들고 식을 올립니다. 예사로운 여인은 아니지요. 콘수엘로는 프랑스 지방 귀족집안에서 받아들이기 쉽지 않은 여인이었습니다. 자신을 숨기지 않고 드러냈으며, 어디에서나 이야기하는 것을 멈추지 않았습니다. 이러한 콘수엘로의 모습은 점잖은 척하며 격식과 말의 태도를 중시하는 프로방스 귀족의 습성과는 맞지 않았습니다. 사람들은 그녀를 보고 수군거렸고, 좋지 않은 평판을 퍼뜨렸습니다. 보수적인 귀족 가문에서 콘수엘로는 이질적인 존재였고, 그녀의 품속에서 갈팡질팡하는 앙투안을 보면서 가족들은 콘수엘로를 더욱 적대시했습니다.

콘수엘로는 앙투안을 사랑한 대가를 톡톡히 치렀습니다. 앙투안은 종종 그녀를 집에 둔 채 홀로 외출하고 밤늦도록 돌아오지 않았습니다. 콘수엘로는 연애 시절 앙투안이 보냈던 편지를 다시 읽으며, 말의 환상과 사랑의 자만심이 얼마나 컸는지를 회상하곤 합니다. 하지만 그의 곁을 완전히 떠날 수는 없었습니다.

　　그 당시 앙투안에게는 다른 여인이 있었습니다. 넬리 드 보귀에라는 금발에 키가 크고 돈과 권력을 가진 자유로운 여성이었지요. 그녀는 앙투안에게 최고급 여행가방과 펜, 단거리 비행을 할 수 있는 소형 비행기 등의 선물뿐만 아니라 파리의 사교계 사람과 문학가 들을 소개시켜 주었습니다. 앙투안이 꿈꾸던 바로 그런 여성이었습니다. 콘수엘로는 앙투안의 연인을 알고 있었으며, 자신이 이 상황을 바꿀 수 없다는 것도 알았습니다. 그러곤 그녀도 과거 자신이 즐겼던 생활로 돌아가 사교계 파티나 미술 전시회를 다녔고, 형편에 맞지 않는 물건들을 사들였습니다. 둘은 각자 모임을 가졌고 각자의 친구를 만들었으며 각자의 활동 영역에서 지냈습니다. 콘수엘로는 음악가·화가 등의 예술가들과 어울렸고, 앙투안은 작가들과 교류했습니다. 사람들이 그들을 더 이상 부부라고 생각하지 않았을 정도였지요. 앙투안은 넬리 외에도 다른 여성들과

나는 남편의 심장에서 살고 싶었다.
그이는 나의 별이었고, 내 운명,
내 신앙, 내 마지막이었다.

콘수엘로

끊임없이 만났지만, 콘수엘로 주변에 서성이는 남자들을 보면 불같이 화를 내며 질투했습니다. 둘의 낭비벽은 더 이상 생활을 버틸 수 없는 지경에까지 이르렀고, 둘은 따로 살면서 연인처럼 가끔 호텔에서 만나곤 했습니다.

콘수엘로는 '나는 누구 여긴 어디'가 아니라, '나는 어디에 있으며 여기 있는 사람은 누구'인지에 대해 고민합니다. 그건 앙투안도 마찬가지고요. 결국 콘수엘로는 앙투안을 떠나기로 마음먹고 둘은 이혼을 결심합니다. 하지만 이 둘이 서로를 놓으려 하지 않아서인지 아니면 하늘과 별의 우연인지, 앙투안의 비행기가 추락하는 사고가 생기고 콘수엘로는 그런 앙투안을 간호하기 위해 다시 그의 곁으로 돌아옵니다.

이후에도 떠나고 싶어도 떠날 수 없고, 떠날 수 없는 마음의 사정들이 둘 사이에 계속 이어지게 됩니다.

나는 사랑을 벗어나서
사는 법을 모른다.
나는 오직 사랑을 통해서만
이야기하고,
행동하고, 글을 써왔다.
_앙투안

뉴욕으로 오라는
내용이 담겨 있는
앙투안이 콘수엘로에게
보낸 전보

° 글의 생각과 현실의 삶을 맞추는 일

전쟁은 삶의 토대를 무너뜨리는 거대한 재앙입니다. 자신이 지켜왔던 신념과 인간관계, 각자의 입장도 바뀌거나 바꿀 것이 요구되고, 오해와 미움·증오가 생기고 원망과 고통이 남게 되는, 결국 그 누구에게도 이롭지 않은 것이 전쟁이지요.

앙투안에게 전쟁은 자신의 삶과 가치관 그리고 사람들에 대한 생각의 시험대였습니다. 그동안 쌓아온 사람들과의 관계가 급변했고, 자신의 의로움이나 당위라고 생각했던 가치가 무시당하기도 했지요. 사람들에게 이해받지 못해 괴로워하기도 하고, 전쟁의 한복판에 콘수엘로를 두고 왔다는 생각에 미안해하기도 합니다.

파리에 있을 때 앙투안은 자신에게 우호적이었던 사람들 속에서 문학성을 인정받았으며, 유쾌한 말솜씨와 카드놀이 마술 쇼로 사람들에게 호감을 주는 인물이었습니다. 그러나 전쟁은 편을 가르게 하고 각자의 입장이 첨예하게 부딪히게 만듭니다. 자

사막, 부서진 비행기 앞에서

나는 리비아에서 비행기가 고장 난 일,
그래서 걸어야 했던 일,
나를 조금씩 삼켜 가던 사막이 좋았다.
_앙투안

신과 입장이 다른 이들에 대해서는 신랄하게 비판하는 미국의 망명자 사회에서 앙투안은 미국에 있는 프랑스인이 군대에 동원되길 바란다는 취지의 글을 루스벨트 정부의 국무장관에게 보내자고 주장합니다. 그러나 앙투안의 이러한 의견에 많은 이들이 반대합니다. 앙투안은 전쟁에서 멀리 떨어진 곳에서 안전하게 지내는 망명자들을 비난하고, 미국사회에서 어울리던 이들과도 멀어지게 됩니다. 이런 일련의 일들로 앙투안은 미국 내 프랑스인 공동체에서 소외됩니다.

앙투안은 산문집 『어느 인질에게 보내는 편지』(1943)에서 조국을 지키는 일과 더불어 인권에 대해서 말하며, 자신은 자신 몫의 밤과 추위를 원한다고 이야기합니다. 결국 앙투안은 군대로 돌아가서 전투에 나서기 위해 다양한 노력을 기울입니다. 또한 자신의 글쓰기가 망상이나 거짓말을 늘어놓는 일이 되지 않으려면 사회 참여의 증거를 보여야 한다고 생각합니다.

프랑스에 홀로 남겨져 있던 콘수엘로가 다시 앙투안 곁으로 왔지만, 둘은 여전히 함께 살지 않습니다. 다른 호텔에 묵으면

생텍쥐페리 대위, 툴루즈 프랑카잘의 기지에서(1939년)

전쟁은 내 취향이 아니다.
하지만 내 몸의 위험을 무릅쓰지 않고
뒷전에 물러서 있을 수는 없다.
_앙투안

서 가끔씩 만나기만 하지요. 망명자 사회의 분위기를 본 콘수엘로는 앙투안을 걱정하지만 말리지는 않습니다. 그리고 앙투안은 군대에 참전하는 것이 조국을 위한 일이며 말만 하는 사람들과는 다르다는 것을 보여줄 수 있는 기회라고 생각합니다. 그가 사람들에게 주장한 것과 일치하는 삶은 바로 군대에 자원하는 길이라고 생각한 것입니다.

　　어떤 이들은 이 시기 앙투안에게 정신적으로 문제가 있었다고 말하기도 합니다. 선천적으로 우울증을 앓고 있었다고 하기도 하고, 사고를 당한 것이 아니라 일부러 사고를 낸 것이라고도 합니다. 앙투안이 죽기 몇 년 전에 대해서는 아직도 앙투안을 연구하는 사람들마다 다양한 사료와 증거를 들어 각자 다르게 이야기하고 있습니다.

　　앙투안의 생애 전체를 봤을 때, 앙투안은 우리가 흔히 말하는 평정을 유지했던 시절은 거의 없었던 듯 보입니다. 생모리스 저택에서의 어린 시절이 엄마의 사랑과 보호 아래 가장 안정적이었다고 할 수 있겠지만 그 또한 추측일 뿐입니다.

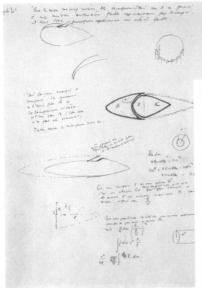

비행 특허와 관련된 밑그림

앙투안과 기요메,
라테 521기의 조종석에서(1939, 비스카로스)

조종사, 시인, 물리학자, 카드 마술사 …
그는 곰곰이 계산을 하다가
이내 카드 마술을 했고,
그 반대 일도 자유자재로 했다.

_레옹 베르트

한 사람의 삶에 대해 우리가 안다고 자신할 수는 없겠지만, 앙투안이 이중적이고 모순적인 자기 삶에 대해 큰 괴리감을 느꼈던 것처럼 보이지는 않습니다. 앙투안은 자신이 경험한 것에 기초해서 글을 쓴 작가였지만, 그의 시선이 자기 안에 머물러 있지는 않았습니다. 오히려 자신의 경험 속에서 만난 타인에 대한 관심이 훨씬 커 보입니다. 세상을 보는 눈에는 자신의 내면을 그리는 눈과 자신의 밖을 보는 눈이 있습니다. 앙투안의 경우 전자가 아니라 후자의 모습을 더 많이 갖고 있는 것 같고요. 나에 대한 '앎'을 통해 세상을 이해하는 방식과 타인과 세상에 대한 관심과 이해를 통해 나를 아는 방식이 있다면, 후자의 방식이 앙투안의 방식 아니었나 생각해 봅니다. 이는 태도와 관점의 문제이지 옳고 그름의 문제는 아니지요.

2장

전쟁 속에 태어난
어린 왕자

사람들이
지구 위에서 차지하는 자리란
실은 아주 작은 것이다.

☆

생텍쥐페리가 『어린 왕자』를 헌사한 사람이 누구였는지 기억하나요? 그렇지요, 바로 그의 친구 레옹 베르트였지요. 그렇다면 그 레옹 베르트에게 『어린 왕자』를 헌사한 세 번째 이유가 무엇이었는지도 기억하나요? 네, 맞습니다. 그가 프랑스에서 굶주리고 추위에 떨고 있기 때문이었지요. 또 그에게 위로가 필요하다 했었지요. 그렇다면 레옹 베르트는 왜 그렇게 힘든 시절을 보내고 있었을까요? 그가 유태인이었기 때문입니다. 그때는 제2차 세계대전이 일어나고 있었습니다.

전쟁 이야기를 할 때면 마음이 아주 무거워지곤 합니다. 그 이유는 전쟁을 일으키는 건 언제나 어른들이지만 가장 큰 피해와 아픔을 겪는 것은 어린이와 여성 그리고 노인, 바로 우리 세상에서 가장 약한 이들이기 때문입니다.

우리나라도 아주 큰 전쟁을 겪었지요. 그리고 아직 전쟁 중에 있다고 말할 수 있습니다. 한국과 북한은 전쟁을 끝낸 것이 아니라 잠깐 멈춘 상태입니다. 그리고 그 잠깐이 벌써 거의 70년이라는 아주 긴 시간의 터널을 지나고 있고, 전 세계에서 유일하게 남아 있는 분단국가가 되었습니다.

우리는 매년 6.25가 되면 전쟁으로 고아가 된 소년소녀의 사진과 폭격에 무너진 집과 거리의 모습을 마치 영화의 한 장면처럼 텔레비전을 통해서 보곤 합니다. 제가 기억하는 가장 가슴 아픈 사진은 폭격으로 죽은 엄마 품에서 젖을 빨고 있는 아기의 사진이에요. 그 사진을 떠올릴 때마다 전쟁의 끔찍함과 아픔이 그대로 전해지는 것 같아서 정말로 가슴이 아프기도 하고 어떤 때는 머리가 아프기도 하지요.

또 최근에는 시리아 내전으로 인해 발생한 난민들의 뉴스를 접하기도 했습니다. 그 뉴스 속에서 가장 고통스러운 이들은

어린이들이 아닐까 합니다. 폭격으로 인해 부모를 잃거나 팔다리를 잃은 아이들, 시리아를 탈출해 서방의 안전한 국가로 가기 위해 배에 몸을 실었다가 조난당해 죽어가는 아이들, 이러한 모습을 보면 인간이란 과연 무엇인지에 대한 근본적인 질문이 떠오릅니다.

수전 손택이라는 미국의 비평가는 『타인의 고통』(2004, 이후)이라는 책에서 여러 전쟁의 현장과 그곳에서 찍은 사진들을 통해 타인의 죽음과 고통에 대한 감각에 대해 이야기합니다. 특히 그녀는 사진의 이미지가 아니라 '전쟁'에 대해 이야기하고 싶어

합니다. "전쟁의 본성과 연민의 한계, 그리고 양심의 명령까지 훨씬 더 진실하게 생각해볼 수 있었으면" 정말 좋겠다고 한국의 독자들에게 이야기합니다.

현대의 윤리적 감수성에 중심이 되는 것은 "전쟁은 탈선이며, 평화는 규범"이라는 확신이지만, 지구에는 아직도 전쟁을 하고 있는 사람들이 있고, 언제든 전쟁이 일어날 가능성이 있는 나라들이 있습니다. 전쟁이 일어나면 안 되는 가장 큰 이유는 전쟁으로 인해 언제나 가장 약한 사람들이 가장 많은 피해와 고통을 겪기 때문입니다. 바로 우리 주변에 있는 아이들과 여자, 노인이지요.

우리나라의 제주 4.3사건 사망자 중 13살 미만의 아이들이 10명 중 3명이었다고 하더군요. 가장 학대당하고 고통받는 사람들은 항상 사회적으로 가장 약한 사람들입니다. 하지만 이렇듯 신체적으로 그리고 사회적으로 연약한 위치에 있는 사람들, 가장 피해를 많이 받는 이들이 전쟁을 할지 말지 결정하는 사람들이 아니지요. 중요한 일은 언제나 사회적으로 힘을 가진 이들에 의해서 결정됩니다.

많은 전쟁이 마치 불가피한 것처럼 말하지만 사실은 어떤 특정한 집단의 이익과 관계되는 경우가 많습니다. 그 이익이 때론 누군가의 사익을 위한 것이기도 하고, 누군가의 권력욕으로 인한 것이기도 하지요. 정의를 위해서 싸운다는 말은 전쟁을 미화하기 위한 수단에 불과한 경우가 많습니다. 폭탄이 떨어지고 사람들이 피 흘리는 전쟁이 예전처럼 많지는 않지만, 한쪽에서는 음식물이 넘쳐나는데 다른 한쪽에서는 굶주리는 사람들이 있고, 한쪽에서는 아파도 치료를 받을 수 없는데 다른 한쪽에서는 자신의 이익을 위해 치료제를 비싼 값에 팔려 하는 일들이 전쟁보다 더 자주 일상처럼 우리 주변에서 일어나고 있습니다. 그리고 이런 일들 때문에 전 세계 어린이들 중 절반이 굶주리고 있습니다.

° 관계의 단절, 전쟁

　　우리의 친구 생텍쥐페리는 왜 그렇게 전쟁을 싫어했을까
요? 물론 생텍쥐페리도 많은 이들이 이야기하듯 전쟁으로 인해 많
은 것들이 파괴되고 사람들이 서로 죽이고 죽여야 하는 참혹함이
문제라고 말하지만, 제 생각에 생텍쥐페리가 전쟁을 멈춰야 한다
고 생각한 가장 큰 이유는 바로 전쟁이 사람과 사람, 사람과 자연,
사물과 사물 사이의 '관계'를 단절시키기 때문입니다. 『어린 왕자』
에서도 생텍쥐페리는 '관계 맺기'의 중요성을 계속 이야기하고 있
거든요.

　　생텍쥐페리가 『어린 왕자』를 통해서 가장 이야기하고 싶
어 했던 것 중 하나가 바로 사람과 다양한 대상 간의 관계 맺기입
니다. 또한 그 관계 맺기가 실패했을 때, 우리가 어떻게 해야 하는
지 어린 왕자와 장미를 통해서 그리고 어린 왕자와 사막의 여우를
통해서 잘 이야기해 주고 있습니다.

　　그런데 전쟁은 이런 모든 관계 맺기의 실패이며 모든 관계

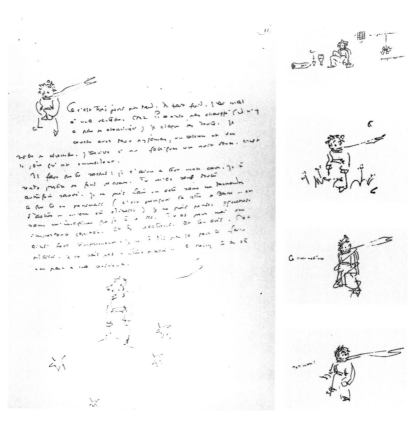

어린 왕자 초기 드로잉. 변화하는 어린 왕자의 모습

의 단절을 의미하기 때문에, 생텍쥐페리는 전쟁 한가운데서『어린 왕자』라는 멋진 이야기를 생각해낸 것이 아닌가 싶습니다. 생텍쥐페리는 전쟁의 한가운데 있는 유럽에서 잠시 빠져나와 미국에 머물면서, 어떻게 하면 이 전쟁이 끝나고 사람들이 다시 예전처럼 서로가 서로에게 친구가 되는 시간이 돌아올 수 있을까를 고민했습니다.

그렇다면 인류의 역사상 가장 끔찍하고 가장 피해가 컸던 제2차 세계대전, 어떻게 그 참혹한 시기에『어린 왕자』가 태어나게 되었는지 함께 살펴볼까요?

1: 유럽은 전쟁 중

망치도 볼트도 목마름도 죽음도 모두 우습게 생각되었다.
어떤 별, 어떤 떠돌이별 위에, 나의 별, 이 지구 위에
위로해 주어야 할 한 어린 왕자가 있는 것이었다!

　　제2차 세계대전은 1939년 9월 1일 히틀러가 폴란드를 공
격하면서 시작됩니다. 폴란드와 연대하고 있던 영국은 히틀러가
이끄는 독일에 전쟁을 선포하고 생텍쥐페리의 나라 프랑스도 영
국과 함께 폴란드 편에 서게 됩니다. 생텍쥐페리는 이 시기에 프
랑스 군 정찰대의 비행술 교수로 툴루즈-프랑카잘에 있었습니다.
생텍쥐페리는 이미 공군에서 제대한 예비역 공군 장교였습니다.
또한 나이도 많고 예전의 비행기 추락사고로 전투기 조종이 힘들
거라는 판정을 받습니다. 그럼에도 생텍쥐페리는 여러 사람에게

부탁해서 결국 전투기 조종을 하게 됩니다. 하지만 이 시기 전쟁은 총성이 오가고 포탄이 터지는 전쟁이라기보다 휴전과 같은 상태였습니다.

이후 1940년 5월부터 전쟁이 다시 불붙기 시작하고 생텍쥐페리는 정찰대 임무를 맡고 독일군이 어떻게 전쟁 준비를 하고 있는지 하늘 위에서 살펴봅니다. 그때 생텍쥐페리는 아주 놀라운 광경을 목격하게 됩니다. 바로 독일군의 진격을 피해 달아나는 사람들과 차로 가득 찬 도로를 보게 됩니다. 그것을 보고 생텍쥐페리는 "끊임없이 흐르는 시럽으로 뒤덮인 검은 도로"라고 말합니다. 자신들이 살던 곳을 등지고 안전한 곳을 찾아 떠나는 사람들로 길이 보이지 않을 정도였으니까요. 독일군이 진격해 오자 많은 이들이 자기 집과 삶의 터전을 버리고 탈출을 하고 있었던 것이지요. 그리고 이 광경은 생텍쥐페리가 전쟁에 대해 갖게 되는 매우 강한 인상 중 하나가 됩니다.

○ 느린 느낌의 기묘한 전쟁 속에서

　　한국의 남북전쟁이 3년간 지속되었던 것처럼, 제2차 세계
대전도 1939년부터 1945년까지 오랜 시간 휴전과 전쟁을 거듭
하면서 지속됩니다. 1940년 6월 22일에 휴전협정이 맺어지고 그
해 8월 15일에는 군인들에게 해산 명령이 발효됩니다. 이때 생텍
쥐페리도 군복을 벗습니다.

　　생텍쥐페리는 이 전쟁을 "느리고 기묘한 전쟁"이라고 말합
니다. 지지부진하고 긴 휴전과 다시 전개되는 전투를 보면서 기묘
한 전쟁이라고 표현한 것이지요. 더구나 휴전된 후 자신은 전역하
게 되는 상황이 벌어지자 더욱 그러한 느낌을 받습니다. 전쟁 이
야기가 일상의 날씨 이야기처럼 아무렇지 않게 받아들여지는 그
런 상황. 전쟁의 일상화가 유럽 전역에 안개처럼 자욱하게 대기를
감싸고 있었습니다.

　　한국전쟁 당시 북한과 계속 전쟁을 해야 한다는 사람들과
휴전 상태를 유지해야 한다는 사람들이 서로 다투었듯이, 이 시기

의 프랑스도 독일에 의해 점령된 상태에 있던 비시정부(친독일 정부)와, 독일과 항쟁을 지속하려는 드골의 자유프랑스가 있었습니다. 그리고 프랑스 사람들은 비시정부파와 드골의 자유프랑스파로 나뉘어 서로 싸우고 있었지요. 독일에 항쟁해야 한다, 하지 말아야 한다고 프랑스 내에서 내분이 있었던 것입니다. 적과의 싸움이 아니라 같은 편끼리의 싸움이 세계대전 중 프랑스에서 벌어지고 있었고, 생텍쥐페리는 그 어느 편에도 서지 않음으로써 양 진영에서 공격받게 됩니다. 생텍쥐페리는 오직 전쟁이 빨리 끝나는 것만이 중요하다고 생각합니다. 미국이 전쟁에 개입해야만 빠르게 종전될 수 있다고 여겨 미국의 도움이 절대적으로 필요하다고 생각하지요.

물론 이 생각이 올바른 판단이었던 것은 아닙니다. 뒤늦게 전쟁에 참여한 미국이 2차 세계대전으로 인해 가장 많은 경제적·정치적 이득을 취하고 이로 인해 미국과 (구)소련 간의 냉전시대가 도래하게 되니까요. 대한민국이 해방 이후 남과 북으로 나뉘게 되는 것도 미국과 소련의 영향 때문이라고 할 수 있습니다.

전쟁이 끝나고 프랑스 사람들은 전쟁 당시 드골의 자유프랑스를 지지하지 않고 독일이 프랑스를 점령하고 있던 시기의 정부인 비시정부를 지지했던 이들에 대한 과거사 청산을 진행했습

니다. 나라를 위한다는 명목 아래 당시 독일이 점령한 프랑스에 꾸려진 비시정부는 자국 프랑스를 위해 애쓰기보다 독일의 요구를 그대로 들어준 측면이 더 많았으니까요. 과거 역사에서 문제가 있었던 부분들에 대해 정확하게 짚고 넘어간 것이지요.

아무튼 전쟁 당시 생텍쥐페리는 드골의 자유프랑스를 지지하지도

미국 NBC 방송국 라디오에서(1942년)

비시정부를 지지하지도 않았습니다. 단지 드골의 자유프랑스가 독일과의 전쟁을 치를 능력이 없다고 생각했기 때문에 미국의 도움을 바랐던 것입니다. 하지만 생텍쥐페리의 이러한 판단은 나중에 많은 이들로부터 비난을 받습니다.

　　　이 시기에 생텍쥐페리는 미국으로 가겠다고 결심합니다. 미국이 개입해서 빨리 종전되어야 한다는 생각, 그리고 미국에서 한창 인기를 누리고 있던 자신의 책『바람과 모래와 별』(『인간의 대지』의 미국 출판명, 1939)에 대한 강연과 인터뷰를 원하는 미국 출판사의 요청, 친구 레옹 베르트의 권유 등이 결정적인 이유였습니다.

2; 전쟁을 피해서

"어느 날 나는 해가 지는 걸 마흔세 번이나 보았어!"
그러고는 잠시 후 너는 다시 말했지.
"몹시 슬플 때에는 해 지는 풍경을 좋아하게 되지."

어떤 이유에서든 전쟁은 일어나서는 안 된다는 걸 모두 잘 알고 있습니다. 전쟁은 많은 이들의 삶을 파괴하고, 서로 증오하게 만들고, 생명의 존엄성을 잃게 만들지요. 하지만 전쟁 기간이라고 해서 사람들이 모두 싸움만 하는 것은 아닙니다. 서로 사랑하기도 하고, 새로운 생명이 태어나기도 하고, 누군가는 병들어 죽기도 하지요. 물론 공부를 하고 책을 쓰는 사람들도 있고요. 아무리 끔찍한 전쟁 중이라도 사람들은 각자 삶을 이어 나갑니다. 이것이 바로 우리가 살아가는 모습이기도 하고요.

죽음을 생산하는 전쟁

　　생텍쥐페리는 1940년 12월 31일, 뉴욕에 도착합니다. 그런데 미국으로 가는 도중 자신에게 가장 큰 영향을 준 친구 기요메의 사망소식을 듣게 됩니다. 기요메의 사망소식을 접한 생텍쥐페리는 "나의 둘도 없는 친구, 그에 대해서는 말하지 않겠다. 우리 둘은 바탕이 같았다. 나의 일부가 죽은 느낌이다"라고 말합니다. 생텍쥐페리에게 세상에 하나뿐인 지도를 준 기요메, 죽음의 사막에서도 살아 돌아왔던 기요메가 지중해에서 정찰기가 격추되어 생을 마감한 것입니다. 생텍쥐페리가 자신의 일부가 죽은 느낌이라고 한 말은 결코 과장이 아닌 것 같습니다. 그렇기 때문에 생텍쥐페리는 이 전쟁을 빨리 끝내는 것이 자신과 다를 바 없는 또 다른 친구들을 구하는 길이라고 생각합니다. 그리고 이 전쟁을 끝낼 수 있는 힘이 미국에 있다고 믿습니다.

　　뉴욕에 도착한 생텍쥐페리는 뉴욕에 자리 잡은 프랑스 사회 역시 드골주의와 비시정부 지지자들로 분열되어 있는 것을 목도합니다. 그들은 생텍쥐페리가 자기 편이 되었으면 하고 바랍니다. 그러나 생텍쥐페리는 어느 특정한 편에 서기를 거부하지요. 그 모습을 본 사람들은 생텍쥐페리가 조국의 정치 문제에 대해 어떤 입장도 취하지 않는다고 비난합니다. 더욱이 생텍쥐페리는 휴전이 나쁘지 않다고 여겼습니다. 전쟁을 끝낼 수 없다면 싸우지 않는 지금의 상태가 더 낫다고 생각한 것이지요. 이런 그의 태도는 더욱 많은 이들이 그를 비난하게 만듭니다.

　　생텍쥐페리는 자신을 비난하는 이들에게 "내 친구들은 절반이나 죽었지만, 당신 친구들은 여전히 살아 있지 않냐"며 자신이 어느 한쪽에 있지 않은 게 마치 조국 프랑스를 걱정하지 않거나 사랑하지 않는 행동이라고 여기는 것에 대해서 항변합니다. 생텍쥐페리에게는 전쟁의 최전선에서 매일매일 죽어가는 사람들을 목도하는 사람보다는, 안전한 곳에서 말로만 전쟁에 대해 걱정하며 언쟁하는 사람들이 더 비난받아 마땅했습니다.

친구들의 죽음보단 휴전이 낫다

생텍쥐페리가 원하던 것은 종전이었지만, 앞서 말한 대로 지금 같은 휴전 상태도 그리 나쁘지 않다고 생각했습니다. 적어도 자신의 친구들이 전쟁터에서 죽어가지 않아도 되니까요. 이렇듯 뉴욕에 있는 프랑스 사회의 분열된 모습과 그들의 오해 속에서 생텍쥐페리는 점점 더 정치적인 문제와 멀어지게 됩니다.

가끔 사람들은 아주 중요한 일이 생겨 반드시 어떤 판단을 해야 하는 경우에 그 일에서 잠시 거리를 두려 할 때가 있습니다. 어떤 이들은 이런 행동이 비겁하다고 하고, 또 어떤 이들은 이 또한 어쩔 수 없는 선택이라고 합니다.

하지만 선택해야 할 순간이라면 선택을 하고 그 일에 책임지는 행동을 하는 것이 올바른 일이지요. 생텍쥐페리도 자신의 정치적인 입장을 정확하게 밝히는 것이 올바른 행동이었을 것입니다. 그러나 생텍쥐페리는 그렇게 하지 않았고 이는 나중에 많은 오해를 낳게 됩니다.

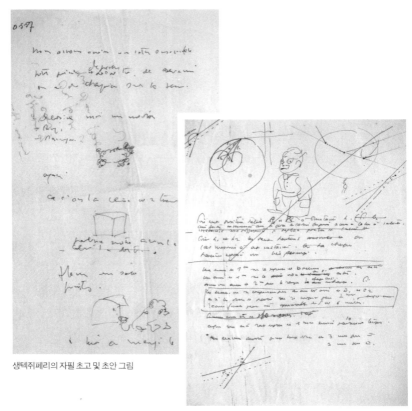

생텍쥐페리의 자필 초고 및 초안 그림

온종일 그림을 그리다 보니
시간이 무척 빠르게 흐르는 것 같아.
내가 품었던 의문에 대한 답을 찾았어.
그건 석탄 심으로 만든 콩테 연필이야.

_생텍쥐페리

이 시기에 보인 생텍쥐페리의 행동은 정치적으로 올바른 모습과는 거리가 있었습니다. 그러나 그가 타향 미국에서 조국 프랑스를 위해 자신이 할 수 있는 역할을 찾지 못했기 때문에, 오히려 사람들에게 사랑받는 책을 쓸 수 있었습니다. 물론 생텍쥐페리가 자신의 역할도 충분히 잘 하고 좋은 책도 쓸 수 있었다면 좋았겠지만, 때론 어떤 일에서 소외되는 것이 다른 일에 몰두할 수 있는 기회가 되기도 하지요.

생텍쥐페리는 뉴욕의 프랑스 사회에서 소외되면서 자신이 할 수 있는 다른 일에 에너지를 쓰면서 더 많은 일을 해냈습니다. 그 결과, 지금까지도 우리에게 사랑을 받고 많은 이들에게 감동을 주는 책을 남기게 되었습니다.

- Bonne nuit, dit le petit prince.
- Bonne nuit, dit le serpent.
- Où suis-je tombé, dit le petit prince ?
- Sur la Terre, en Afrique, dit le serpent.
- Il n'y a donc personne sur la Terre ?
- Ici, c'est le désert. Il n'y a personne dans les déserts.
- Ah ! fit le petit prince.

Il s'assit sur une pierre. Il leva la tête vers les étoiles :

- C'est curieux, dit-il au serpent. La planète d'où je viens est tout juste au-dessus de moi...
- Elle est bien belle, dit le serpent Que viens-tu faire ici ?
- J'ai des difficultés avec une fleur, dit le petit prince.
- Ah ! fit le serpent.

Et il y eut un silence.

- Où sont les hommes, reprit le petit prince. On est un peu seul dans le désert. Là-bas j'avais une fleur...

「어린 왕자와 뱀」 타자 초고

집필 중인 생텍쥐페리

전쟁 속에 태어난 어린 왕자

110

○ 『전시 조종사』의 탄생

　　그 당시 미국에서 생텍쥐페리는 이미 유명한 작가로 평가받고 있었습니다. 그는 『야간비행』(Vol de Nuit, 1931)이라는 책으로 페미나 문학상을 받았습니다. 이 책은 미국에서도 베스트셀러였고, 영화로도 만들어져 대성공을 거두었습니다. 그 때문에 생텍쥐페리는 미국에 있는 출판사들로부터 다음 책을 출판하자는 제의를 많이 받게 됩니다.

　　생텍쥐페리는 10년 동안 생각해 두었던 『전시 조종사』(Pilote de Guerre, 1942, 베르나르 라모트 삽화)를 8개월 만에 탈고하고 출판합니다. 책은 출간 직후 이달의 최우수 도서상을 수상하면서 대단한 인기를 얻게 됩니다. 프랑스에서는 출판되자마자 초판분이 모두 팔렸지만, 책에 등장하는 장 이스라엘이라는 유태인 비행사를 예찬한 내용이 문제가 되어 판매가 중단됩니다. 독일은 유태인에 대한 여러 가지 탄압 정책을 펼쳤고, 독일 점령하의 비시 정부는 친독일 정부였기 때문에 유태인을 칭송한 이 책이 판매 금

지된 것입니다.

　『전시 조종사』는 미국이 진주만을 공습하면서 전쟁에 참여한 지 두 달 후인 1942년 2월에 출간되었습니다. 전쟁은 미국의 참전으로 또 다른 국면을 맞게 되고, 생텍쥐페리의 미국 생활도 콘수엘로가 미국으로 오면서 또 다른 모습으로 변화하게 됩니다.

미국판『야간 비행』

3; 냅킨 위의 그림

이 잠든 어린 왕자가 나를 이토록 몹시 감동시키는 것은
꽃 한 송이에 대한 그의 성실성. 그가 잠들어 있을 때에도
램프의 불꽃처럼 그의 마음속에서 빛나고 있는 한 송이
장미꽃 때문이야…

○ 내 어린 날의 동화

생텍쥐페리는 비행을 하면서 죽을 고비를 여러 번 넘깁니다. 또한 비행사고로 인한 후유증으로 평생 고생합니다. 여러 차례 큰 수술을 받기도 했고 자주 아팠습니다. 『전시 조종사』를 쓸 수 있었던 가장 큰 이유는 그가 열병에 걸려 병원에 입원해 있었기 때문입니다. 생텍쥐페리는 병으로 침대에 누워 있을 때마다 어린 시절의 기억을 떠올렸다고 합니다.

어린 시절 가족과 함께했던 생모리스 저택에서의 기억을 더듬으며 행복해했고, 그때의 기억으로 질병의 고통을 잊을 수 있었습니다. 더불어 생텍쥐페리가 처음으로 다 읽었던 책, 안데르센 동화를 머리맡에 두고 읽고 또 읽으면서 위로와 위안을 받았습니다. 아픈 몸을 낯선 타지의 침대에 누이고 안데르센 동화를 읽은 것이지요.

생텍쥐페리의 책에서 우화나 동화 같은 이야기가 자주 발견되는 이유는 아마도 가장 힘들 때마다, 어릴 적 읽었던 이야기에 빠져들어 그 책을 통해 위안받고 자신의 생각을 정리했기 때문이 아닐까 싶습니다. 어린 시절 나를 감동시켰던 책들이 성인이 되어서도 중요한 이유는 바로 그 책이 훗날 어려운 일에 처했을 때, 우리를 지켜주고 우리가 어디로 가야 할지 알려주는 '지도'의 역할을 해주기 때문일 겁니다. 생텍쥐페리가 그랬던 것처럼 말이지요.

˚ 데생쟁이 생텍쥐페리

『어린 왕자』를 생각하면 무엇이 가장 먼저 떠오르나요? 코끼리를 삼킨 보아구렁이 그림? 아니면 금발에 곱슬머리를 하고 긴 망토를 두른 어린 왕자의 모습? 그렇다면 이 모든 그림을 누가 그린 것인지 알고 있나요? 네, 바로 생텍쥐페리가 그렸습니다.

『어린 왕자』를 쓰기 이전부터 생텍쥐페리는 어디서든 데생을 했습니다. 노트에 이런저런 사람들의 모습을 그렸고, 친구들에게 보내는 편지나 메모에도 간단한 그림을 그려 넣곤 했습니다. 때론 자신의 모습을 극화시켜 그리기도 했고, 편지나 메모를 받을 친구의 모습을 그리기도 했지요. 그런데 그 그림들은 대체로 조그만 소년의 모습이었습니다. 그리고 그 조그만 소년은 대부분 몇 송이의 꽃이 피어 있는 땅 위에 두 발로 서 있었지요.

어린 왕자를 그리기 전부터 생텍쥐페리는 그렇게 어린 소년의 모습을 그렸습니다. 어떤 때는 날개를 단 모습, 어떤 때는 날개가 없는 모습. 생텍쥐페리는 이런 그림을 노트나 편지지, 메모

어린 왕자 초기 모습, 사막 위의 어린 왕자

지뿐 아니라 식당의 식탁보나 휴지 조각에도 그렸습니다. 친구 기요메에게 보낸 편지에는 "기요메, 이 친구야. 위의 그림을 보면 내가 자네의 도착을 얼마나 초조하게 기다리고 있는지 알 수 있을 걸세. 내가 지평선을 응시하고 서 있는 이 모래언덕에서 사람들은 결코 나를 끌어내리지 못할 거야. 또한 아래에 그린 그림을 보면 내가 자네에게 얼마나 열정적으로 편지를 쓰고 있는지를 알게 될 거야"라고 적었습니다. 그 편지에 그려진 그림에는 모래언덕에서 지평선을 바라보는 한 남자의 고집스러운 뒷모습이 담겨 있습니다. 기요메를 걱정하는 생텍쥐페리의 마음이 이 그림을 통해서 잘 전해졌겠지요.

그의 주변 사람들은 모두 어린 왕자는 이미 1942년 이전에 만들어졌다고 말합니다. 아마 그가 사람들에게 보낸 편지에 그리거나 심심풀이로 그릴 때, 또는 어린 시절 안데르센 동화를 읽을 때, 이미 어린 왕자가 생텍쥐페리의 마음속에 자리하고 있었기 때문에 그렇게 이야기하는 것이 아닐까요.

Lᴏʀsᴏᴜᴇ ᴊ'ᴀᴠᴀɪs six ans j'ai vu, une fois, une magnifique image, dans un livre sur la Forêt Vierge qui s'appelait "Histoires Vécues." Ça représentait un serpent boa qui avalait un fauve. Voilà la copie du dessin.

On disait dans le livre: "Les serpents boas avalent leur proie toute entière, sans la mâcher. Ensuite ils ne peuvent plus bouger et ils dorment pendant les six mois de leur digestion."

J'ai alors beaucoup réfléchi sur les aventures de la jungle et, à mon tour, j'ai réussi, avec un crayon de couleur, à tracer mon premier dessin. Mon dessin Nombre 1. Il était comme ça:

J'ai montré mon chef-d'oeuvre aux grandes personnes et je leur ai demandé si mon dessin leur faisait peur.

7

어린 왕자 첫 부분 원고, 프랑스판

생텍쥐페리가 그린 어린 왕자와 여우의 초안

˚ 내 마음 속의 소년, 어린 왕자?

『어린 왕자』는 우연 혹은 뜻하지 않은 사소한 행동 때문에 시작되었습니다. 그러나 이런 우연은 때를 기다리던 우연이라 표현하는 것이 정확할 것 같습니다. 우연처럼 보이지만 그 우연이 우연으로 드러나기까지는 많은 시간이 쌓이고 쌓인 결과인 경우가 많지요. 그러니 우연이라기보다는 마음속 깊숙한 곳에 나오기만을 기다리고 있던 준비된 일, 필연이라 할 수 있겠습니다. 어떤 우연이 어린 왕자를 우리 앞에 가져다주었는지, 『어린 왕자』가 시작되는 그 순간을 한번 볼까요?

1942년에 생텍쥐페리는 뉴욕의 한 식당에서 『전시 조종사』를 출판한 커티스 히치콕과 함께 식사를 합니다. 둘은 식사를 하면서 이런저런 이야기를 나눕니다. 특히 커티스는 생텍쥐페리에게 구상하는 작품이 있다면 한번 써 보는 것이 어떻겠냐며 제안을 합니다. 그 말을 들은 생텍쥐페리는 식사 도중 흰 냅킨에 장난으로 그림 하나를 그립니다. 생텍쥐페리가 곧잘 그리던 그림이었지요. 본격적으로 그린 그림도 있지만, 주로 친구에게 편지를 보내거나 메모를 남길 때 여백에 장난스럽게 그린 그림이었습니다. 이를 본 커티스는 무엇을 그리는 거냐고 물어봅니다. 생텍쥐페리는 "별거 아니에요. 마음속에 담아 가지고 다니는 한 어린 녀석이지요"라고 대답합니다. 커티스는 그림을 자세히 들여다보곤 이 아이의 이야기를 쓰면 어떨지 묻습니다. 어린이를 위한 책으로 말이지요. 그리고 그해 크리스마스에 맞춰서 출판하면 좋겠다고 제안합니다.

처음에 생텍쥐페리는 커티스의 제안을 별로 신경 쓰지 않았지만 점점 그 소년의 이야기를 써야겠다는 생각을 품게 됩니다. 그 소년은 생텍쥐페리가 그린 그림들 어디에나 존재하고 있었지요. 생텍쥐페리 스스로 의식하고 있지 않았지만 때론 자신의 모습으로, 때론 기요메, 레옹 베르트, 콘수엘로, 동료 비행사 등의 모습으로 가까이 있었습니다. 어디서나 존재해왔고 어디서든 볼 수 있는 그런 소년이었지요.

어린 왕자 이전의 어린 왕자 스케치

콘수엘로에게 쓴 편지 여백에 그린 그림

° 수채화 물감을 든 생텍쥐페리

생텍쥐페리는 그 소년의 이야기를 쓰면서 『전시 조종사』
의 삽화를 그렸던 베르나르 라모트에게 도움을 요청합니다. 하지
만 베르나르가 그린 소년은 어린이다운 천진함과 꿈꾸는 듯한 느
낌이 없어 보였습니다. 그래서 자신이 직접 삽화를 그리기로 합니
다. 생텍쥐페리는 크레용과 수채화 물감, 색연필을 잔뜩 구입하곤
수많은 어린 왕자를 그려봅니다.

그 시절의 생텍쥐페리를 본 사람들은 그가 수채화 물감과
색연필로 그린 수많은 그림들을 볼 수 있었다고 증언합니다. 생텍
쥐페리는 수많은 종이 위에 여러 모습의 소년을 그렸고, 그때의
생텍쥐페리는 마치 그림 속에 빠져 있는 사람 같았지요. 생텍쥐페
리는 그 그림 속에서 무엇을 보았을까요?

생텍쥐페리의 어린 왕자는 글보다 그림으로 더 오랜 시간
생텍쥐페리와 함께 있었습니다. 『어린 왕자』라는 이야기로 만들
어지기 이전에 자신의 모습으로, 때로는 자신이 상상하던 어린 시

절의 앙투안의 모습으로, 때로는 미래에 태어날 자녀의 모습을 하고 있었던 것이지요. 그가 항상 마음속에 품고 다니던 그 소년이 바로 어린 왕자를 만들어 주었던 것이고요.

　『어린 왕자』라는 이야기가 탄생하기 이전에 얼마나 많은 어린 왕자들이 생텍쥐페리의 그림 속에서 그와 함께 있었을지 상상이 되나요? 언제나 가슴속에 품고 다녔던 그 소년이 구체적인 모습으로 나타나기 시작하고, 그 소년이 생텍쥐페리에게 말을 걸기 시작하고, 그 소년과 더불어 생텍쥐페리가 자신의 과거와 현재와 미래로 여행하는 모습이 그려지지 않나요?

생텍쥐페리가 그린 다양한 어린 왕자 드로잉

4; 베빈하우스와 장미

그리하여 어린 왕자는 사랑에서 우러나온 호의를 가지고
있으면서도 꽃을 의심하기 시작했다. 그는 대수롭지 않은
말들을 심각하게 받아들이고 몹시 불행해졌다.

기억하나요? 생텍쥐페리에게 부인이 있었다는 것을. 화산
이 많은 작은 나라 엘살바도르 출신인 콘수엘로가 바로 생텍쥐페
리의 부인이지요. 두 사람은 매우 사랑해서 결혼했지만 한곳에 정
착하지 못하는 기질의 생텍쥐페리와, 약간의 허영심과 까다로운
성격을 지닌 콘수엘로의 결혼생활은 순탄하지 못했습니다. 더구
나 생텍쥐페리의 어머니도 콘수엘로를 못마땅해 했습니다.

콘수엘로는 정말 매혹적인 여성인데요, 생텍쥐페리를 만
나기 전에 이미 두 번이나 남편을 잃은 상태였습니다. 생텍쥐페리

의 어머니는 그녀가 자신의 아들에게 평온과 안정을 줄 수 없으리라 생각했습니다. 그 누구의 잘못이라고도 할 수 없지만, 그들의 결혼생활은 평탄하지 않았습니다. 둘은 자주 다퉜습니다. 다툼과 불화의 원인 중 하나는 생텍쥐페리의 여성 팬들이었지요. 생텍쥐페리는 언제나 여성 팬들을 몰고 다녔고, 이는 사교계에 정평이 나 있었습니다. 많은 여성들이 생텍쥐페리를 원했고 생텍쥐페리는 만인의 연인으로 그들에게 부응하곤 했습니다.

생텍쥐페리는 늘 콘수엘로의 곁으로 돌아왔지만, 자주 다른 곳을 헤매고 다녔고 콘수엘로를 혼자 둔 채 다른 여자들을 만나기도 했습니다. 1940년 처음 생텍쥐페리가 미국행을 택했을 때조차 콘수엘로는 동행하지 않았습니다. 그녀는 아직 전쟁 중이었던 유럽에 혼자 남겨졌지요.

° 따로 또 같이, 생텍쥐페리와 콘수엘로

그러나 생텍쥐페리는 콘수엘로를 그리워한 나머지, 그녀를 뉴욕으로 부릅니다. 당시는 전쟁 중이었기 때문에 유럽에서 미국으로 가는 길은 쉽지 않았습니다. 콘수엘로는 여러 어려움 끝에 생텍쥐페리가 있는 뉴욕에 도착하지만, 뉴욕에서도 이 둘은 함께 살지 않았습니다. 생텍쥐페리는 그녀에게 자신의 집과 가까운 곳에 거처를 마련해 주고 가끔씩 그녀를 만났습니다. 우리가 보기에도 그리고 그 시대의 다른 사람들이 보기에도 둘의 부부 관계는 조금 이상해 보였습니다.

마치 『어린 왕자』에 나오는 어린 왕자와 장미처럼 서로의 진심을 알면서도 모른 척하며, 서로의 마음을 아프게 했지요. 그리고 장미를 떠나 먼 여행을 떠나는 어린 왕자처럼 생텍쥐페리 역시 콘수엘로를 떠나 언제나 먼 곳으로 여행을 떠나곤 했습니다. 하지만 어린 왕자가 장미를 그리워하듯, 생텍쥐페리는 불현듯 콘수엘로를 그리워하곤 합니다.

˚ 어린 왕자의 집, 베빈하우스

　　뉴욕이라는 같은 도시에서 살면서도 떨어져 지내던 생텍
쥐페리와 콘수엘로는 서로를 그리워합니다. 함께할 수 없을 것 같
은 사람들도 다시 때가 되면 함께하는 경우가 있지요. 서로를 걱
정하고 아끼는 마음이 남아 있다면 말이에요. 뉴욕에서 살던 두
사람은 날씨가 더워지자 함께 살 곳을 찾게 됩니다.

　　특히 콘수엘로는 뉴욕의 무더운 날씨로 인해 생텍쥐페리
의 열병이 도질까봐 걱정합니다. 그녀가 발견한 곳은 바로 그들이
'어린 왕자의 집'이라고 말한 베빈하우스였습니다. 북쪽으로 가는
기차를 잡아타고 우연히 도착한 곳에서 콘수엘로는 베빈하우스를
발견합니다. 하얀색 3층집 베빈하우스는 생텍쥐페리가 어린 시절
을 보낸 생모리스 저택과 흡사한 분위기를 풍겼습니다. 이곳에서
생텍쥐페리는 『어린 왕자』의 이야기에 넣을 삽화를 그리는 데 몰
두합니다. 이 시절, 두 사람은 그 어느 때보다 행복한 나날을 보냅
니다.

생텍쥐페리는 베빈하우스에서 지내며 콘수엘로를 모델로 어린 왕자의 모습을 그립니다. 사내아이처럼 짧은 머리와 머플러를 휘감고 있는 모습은 어린 왕자가 콘수엘로의 외양을 담고 있다는 것을 보여줍니다. 어린 왕자의 겉모습이 콘수엘로를 닮았다면, 장미가 지닌 말투와 기질은 콘수엘로 그 자체라고 할 수 있습니다. 어린 왕자에게 항상 새침하게 굴던 장미, 투정과 불만으로 어린 왕자를 귀찮게 하던 장미. 그렇지만 어린 왕자가 별을 떠나려고 하자 자신의 진심을 어린 왕자에게 전달하는 그 모습은 콘수엘로가 생텍쥐페리에게 하던 모습을 그대로 닮아 있습니다.

어린 왕자가 자신의 장미가 수많은 다른 장미와 다를 게 없다고 슬퍼하지만, 결국엔 장미를 길들인 자신에게 책임이 있다는 것을 깨닫듯이, 생텍쥐페리는 자신이 콘수엘로를 늘 사랑하고 있었으며 그녀와 함께한 시간과 경험이 자신에게 무엇보다 소중하다는 것을 깨닫습니다.

베빈하우스에서의 콘수엘로, 더없이 평화로운 한때

화해의 선물, 『어린 왕자』

　『어린 왕자』는 어린이를 위한 이야기이기도 하지만 생텍쥐페리가 콘수엘로와 함께하면서 그녀에게 보내는 화해의 선물이기도 합니다. 세상 사람들은 각각 다양한 모습으로 사랑을 하고 관계를 유지합니다. 평생 한 사람만 사랑하며 사는 사람도 있지만, 생텍쥐페리처럼 아내인 콘수엘로를 두고 다른 이성들과 친밀한 관계를 유지하는 사람도 있습니다. 콘수엘로의 입장에서 보면 생텍쥐페리는 성실한 남편이 아니었습니다. 요즘 말로 하면 '셀럽' 정도의 인기와 명성을 누리고 있는 남성의 아내였던 것이지요.

　둘의 관계는 무엇이라 단정하기 쉽지 않습니다. 콘수엘로는 『장미의 기억』(Memoires de la Rose)이라는 책에서 "나는 결혼하기를 두려워하는 한 사내아이를 사랑하고 있었다. 그는 나를 유혹했고, 그러고 나서 저만치 나에게서 멀어져 갔다"라고 회상합니다. 생텍쥐페리는 자주 그녀를 혼자 두고 떠났고 콘수엘로는 그런 그를 차마 떠나지 못하고 그가 돌아오기만을 기다렸던 것이지요.

더구나 생텍쥐페리의 가족이 있는 프로방스에서는 다른 나라의 여성과 결혼하는 것이 퍽 낯선 풍경이었기 때문에, 엘살바도르에서 온 미망인에 대한 거부감도 컸습니다. 콘수엘로는 생텍쥐페리뿐만 아니라 그의 가족과의 관계에서도 곤란을 겪었습니다. 그녀의 말처럼 생텍쥐페리가 아니었다면 그녀는 문인 엔리케 고메즈 카리요의 미망인으로서 부와 명성 등 모든 면에서 안정적인 삶을 살 수 있었으나 생텍쥐페리를 선택하면서 그녀가 가진 모든 것을 포기해야만 했습니다. 콘수엘로의 말처럼 그녀는 그에게 미쳐 있었고, 생텍쥐페리를 떠날 수 없었습니다. 다 큰 어린아이인 생텍쥐페리가 하늘에서 사라질 때까지 그의 곁에서 이 모호한 관계를 유지하며 생텍쥐페리의 장미가 되어 살았습니다. "토니오, 그를 사랑하기 때문에".

　　많은 이유들 때문에 생텍쥐페리는 콘수엘로에게 항상 미안한 마음을 지니고 있었습니다. 그래서였는지 생텍쥐페리는 『어린 왕자』를 콘수엘로에게 헌사하고 싶어 했습니다. 그러나 콘수엘로는 레옹 베르트에게 헌사하는 편이 더 좋겠다며 사양합니다. 생텍쥐페리는 『어린 왕자』의 후속 작품은 콘수엘로에게 바치겠다고 약속합니다. 하지만 그 약속은 생텍쥐페리의 죽음으로 실현되지 못하고 약속으로만 남습니다.

1943년 3월, 드디어 『어린 왕자』가 세상에 나옵니다. 아이러니하게도 『어린 왕자』는 프랑스어가 아니라 영어로 먼저 출간됩니다. 생텍쥐페리가 프랑스어로 원고를 쓰면 번역가가 바로 영어로 번역했지요. 그래서 미국에서는 생텍쥐페리가 탈고한 순간 책이 출간될 수 있었지만, 프랑스판은 미국 출판사와의 문제로 인해 미국판 출간 2년 뒤인 1945년 11월이 되어서야 프랑스에서 출간됩니다. 『어린 왕자』는 세상에 나오자마자 열광적인 반응을 받습니다. 어떤 유명인사는 『어린 왕자』를 보고 '그림형제'가 없다는 것을 슬퍼할 필요가 없다고까지 말했습니다.

『어린 왕자』 미국 초판(1943년 3월)

P38기 조종석에 앉아 있는 생텍쥐페리(1944년)

° 하늘로 간 어린 왕자, 생텍쥐페리

언제나 하늘에 있는 것을 더 좋아하고 편안하게 느꼈던 생텍쥐페리는 『어린 왕자』의 성공으로 인한 환호를 뒤로 한 채, 모든 사람의 만류에도 불구하고 다시 전쟁터로 나갑니다. 나이가 너무 많아서 정찰 업무밖에 할 수 없었지만, 점점 포악해지고 있는 나치의 횡포 속에 있는 친구들을 구하고 싶은 마음에서였는지, 아니면 하늘을 날면서 더 많은 자유를 느끼고 싶어서였는지, 두 번째 정찰 비행을 떠난 후 다시는 하늘에서 돌아오지 않았습니다.

생텍쥐페리가 떠난 뒤, 많은 사람들은 『어린 왕자』를 통해서 생텍쥐페리와 그가 꿈꾸었던 하늘과 그가 사랑했던 이들에 대해 많은 생각을 하게 되었습니다. 어린 왕자는 사람들의 마음속에서 각기 다른 모습으로 살아가고, 또 사람들에 대해 사랑에 대해 친구에 대해 관계에 대해 그리고 바로 우리 자신에 대해 지금까지도 다양한 이야기를 수다스럽게 전하고 있습니다.

3장

사막에서 샘 찾기

나비를 알고 싶으면 두세 마리의 쐐기벌레는 견뎌야지.
나비는 정말 아름다워 보여.

나비가 아니라면
누가 나를 찾아 주겠어?

생텍쥐페리가 항상 가슴속에 품고 다니던 그 '어린 녀석' 이 어떻게 우리에게 말을 걸고 우리가 생각지도 못했던 이야기로 우리를 놀라게 하는지 궁금하지 않나요? 아마 다들 『어린 왕자』를 읽어 보았겠지만, 잘 기억이 나지 않거나 너무 많은 버전의 『어린 왕자』가 있어서 그다지 특별하게 생각하지 않았던 것 같아요.

『어린 왕자』는 전 세계에서 성경책 다음으로 많이 읽힌 책 입니다. 영어로 된 『어린 왕자』, 프랑스어로 된 『어린 왕자』, 아랍 어로 중국어로 일본어로 심지어 라틴어로 된 『어린 왕자』까지 정 말 많은 『어린 왕자』가 세상의 수많은 사람들과 만났습니다. 또 어 른들이 어렸을 때 읽었던 책이고요. 그리고 저처럼 어른이 되어서도『어린 왕자』를 읽고 또 읽는 어른들도 있습니다. 어린 왕자가 가장 처음으로 우리에게 걸었던 말은 무엇이었을까요?

기억하나요? 생텍쥐페리가『어린 왕자』를 레옹 베르트에게 헌사하는 그 부분을 지나 책장을 넘기면 처음에 어떤 이야기가 나오는지 말이에요. 야수를 삼키려는 보아구렁이의 그림입니다. 그다음 그림은 속이 보이지 않지만 코끼리를 삼킨 보아구렁이 그림이고요. 많은 어른들이 그 그림을 보고 '모자'라고 답했다는 것도 기억하지요?『어린 왕자』를 처음 읽었을 때는 이미 이야기를 많이 들었던 터라 그 그림이 코끼리를 삼킨 보아구렁이라는 걸 알고 있었습니다.

하지만 정말 궁금했어요. 어린이들이 그 그림을 무엇이라고 생각하는지 말이에요. 그래서 딸아이가 4살 되었을 때 물어보았지요. 딸아이는 그 그림을 보곤 달팽이라고 말하더군요. 어찌되었든 모자로는 보이지 않나 봐요.

어린 왕자가 만난 어른들

죽어 간다 할지라도 한 친구를 가지고 있었다는 건
좋은 일이야. 난 여우 친구가 있었다는 게 기뻐…

　많은 어른들이 코끼리를 삼킨 보아구렁이 그림을 보고 모자라고 답했습니다. 그래서 주인공은 더 이상 그림을 그리지 않았다고 말합니다. 그리고 모자라고 답한 사람들과는 '숫자'와 관련된 이야기만을 나누고, 별이나 꿈에 대해서는 이야기하지 않습니다. 왜냐면 많은 어른들은 자기가 보고 싶은 것만을 보는 그런 사람들이니까요. 그 뒤에 숨겨진 이야기, 그 그림 뒤에 있는 것이 무엇인지는 관심을 갖지 않습니다. 그런 데 관심을 갖기에는 어른들은 할 일이 너무 많고 너무 바쁘니까요.

　어린 왕자가 일거리도 구하고 견문도 넓힐 생각으로 이웃 별들을 여행하는 것은 우리 모두 알고 있습니다. 별을 여행하면서 어린 왕자는 여러 어른들을 만납니다.

　　첫 번째 별에서 만난 왕은 명령만 내리는 사람이었습니다. 그가 무엇을 판단하는 기준은 자신의 명령이었습니다. 다른 사람의 생각과 행동은 전혀 신경 쓰지 않고, 오직 자신의 명령에 의해서만 세상이 움직인다고 생각하는 인물입니다. 두 번째 별에서 만난 사람은 허영심에 빠진 사람이었습니다. 그는 오직 사람들이 자신을 찬양하는 말만 듣습니다. 세 번째 별에서 만난 사람은 모든 걸 부끄러움으로만 생각하고 그 부끄러움을 잊으려는 사람이었습니다. 네 번째 별에서 만난 사람은 사업가였고 그는 단지 모든 것을 소유하는 데 의미를 두는 사람이었지요.

　　이들의 모습은 어떤가요? 적어도 그들이 행복해 보이지는 않습니다. 그들은 중요한 것을 가진 듯한데 왜 슬퍼 보이거나 화나 보이거나 힘들어 보일까요? 또한 그들은 매우 옳고 합당한 이야기를 하는 것처럼 보입니다. 그럼에도 우리는 왜 그들에게 쉽게 동조할 수 없을까요?

　　그건 아마도 그들이 하나의 가치로만 세상을 보고 살아가고 있으며, 자기 자신에게 몰두한 나머지 그 누구와도 친구가 될 수 없기 때문입니다. 타인을 자신의 세계 속에서만 보는 사람, 자신의 세계에만 매몰된 사람, 타인과의 만남이 자신에게 어떤 공명도 주지 못하는 사람… 이런 사람들은 그들의 세계가 완벽하다 할지라도 행복해 보이지 않습니다. 세상의 행복은 자신만의 논리 안에 있는 것이 아니니까요.

첫 번째 별, 명령의 세계 속에서만 존재하는 왕

"왕에게는 세상이 아주 간단하다는 것을
그는 알지 못했던 것이다.
왕에게는 모든 사람이 다 신하인 것이다."

첫 번째 별에서 만난 왕은 어떤 사람이었나요? 왕은 자신이 살고 있는 그 조그만 별조차 한 번도 둘러보지 못했습니다. 그러면서 별이 너무 작아서 마차를 둘 곳이 없고, 걸어 다니자니 피곤하다고 말합니다. 자신의 왕국을 순시해 보지도 않습니다. 그러면서도 왕은 자신의 왕국뿐만 아니라 다른 별과 떠돌이별까지 다스린다고 말합니다. 과연 왕은 무엇을 다스리는 걸까요? 정작 자신의 별이 어떻게 생겼는지도 모르면서 말이지요.

왕이 사리에 어긋나는 생각을 하는 건 아닙니다. 무엇보다 자신의 권위가 존중되기를 원했기에 사리에 맞는 명령을 내리려고 하고, 누구에게나 상대방이 이행할 수 있는 것을 요구해야 한

다고 말합니다. 그 때문에 그의 권위는 사리에 근거를 두고 있습니다. 왕이 어린 왕자에게 요구하는 명령도 그럴듯해 보입니다. 어린 왕자에게 사법대신을 하라고 제안하지만 어린 왕자가 심판할 사람이 없다고 하자, 자기 자신을 심판하라고 말합니다. "다른 사람을 심판하는 것보다 자기 자신을 심판하는 것이 가장 어려운 법이다. 네 스스로를 훌륭히 심판할 수 있다면 그게 바로 지혜로운 자다"라고 말입니다.

이 그럴듯해 보이는 말에 어린 왕자는 자기 스스로를 어디서든 심판할 수 있기에 이 별에서 살 필요가 없다 말하고 떠나려 합니다. 왕은 떠나려는 어린 왕자를 붙잡지만 어린 왕자는 왕의 논리로 이치에 맞는 명령을 해달라고 하지요. 결국 어린 왕자는 자신의 의지로 왕의 별을 떠나지만, 왕은 자신이 어린 왕자에게 대사직을 주었기에 왕자가 떠났다고 여깁니다.

재미난 상황이 연출되고 있습니다. 명령을 한 사람이 누구인지, 왕인지 어린 왕자인지 알 수 없습니다. 사실 명령을 잘 따른다는 건 깊이 생각해 보면 매우 이상한 부분이 있습니다. 곧이곧

대로 명령을 따를 때, 항상 이상한 문제들이 발생하지요. 오히려 명령을 적절히 알아서 잘 처리할 때, 명령의 효력이 발생합니다.

예를 들어 아이를 훈육할 때 흔히 하는 어른의 명령은 "말 대답하지 마!"입니다. 아이들이 이 명령에 바로 순응해서 대답을 하지 않는다고 생각해 볼까요? 바로 화를 내면서 왜 대답하지 않느냐고, 엄마의 말이 말 같지 않느냐고 추궁하겠지요. 이렇듯 명령을 바꿔야만 명령의 효력이 생기는 일들이 종종 발생합니다. 이 명령을 바꾸게 하는 건 결국 명령을 내린 사람에 의해서가 아니라 명령을 받는 사람에 의해서 가능하고요.

그러니 세상에 명령이란 것이 과연 존재하기나 할까, 하는 생각이 들기도 합니다. 반드시 따라야 하는 명령이라고 하지만 실은 그 명령을 따르기 위해서는 밑바탕이 되는 대화가 필요합니다. 그런 의미에서 명령은 다른 사람의 이야기를 듣는 소통의 방식이 아니라 혼잣말에 가깝습니다.

왕이 어린 왕자에게 하는 명령을 잘 살펴보면, 어린 왕자의 승리입니다. 왕으로 하여금 어린 왕자가 원하는 명령을 하도록 만들었으니까요. 이것이 바로 명령을 잘 따르면서 명령을 무력화시키는 예입니다. 어린 왕자가 왕을 보고 '어른들은 참으로 이상하군'이라고 말하는 것처럼, 왕이 그리 중요하게 여기는 왕의 명령이 이치에 맞기 위해서는 어린 왕자의 말을 들어야 하고 그에 준해 명령을 해야 하는 것이기에 결국 명령이 아니라 상호작용이자 대화입니다. 단지 권위를 빌려 명령을 내리고 있다고 여기지만 실은 어린 왕자의 제안에 의한 명령이었다는 것을 아주 간단히 보여줍니다. 왕이 그 사실을 인지하는지 어떨지는 알 수 없지만 말이지요. 아마도 모르겠지요? 자신의 명령에 어린 왕자라는 신하가 잘 따랐다고만 생각하겠지요. 그러니 어린 왕자는 진실이 무엇인지 모르는 어른들이 참 이상하다고 여긴 겁니다.

늘 신하를 기다리는 '왕'의 다른 버전 드로잉

° 두 번째 별, 찬사의 말만 듣는 허영심 많은 사람

"허영심 많은 이들에게는
오로지 찬양의 말만이 들리는 법이다."

허영심에 빠진 사람은 누군가 자신을 찾아오면 무조건 자기를 찬양하는 사람이라고 생각합니다. 찬양한다는 게 무엇인지 묻는 어린 왕자에게 허영심 많은 사람은 "찬양한다는 건 내가 이 별에서 가장 미남이고 가장 옷을 잘 입고 가장 부자고 가장 똑똑하다고 인정해 주는 거지"라고 답합니다. 혼자만 살고 있는 별에서 자신이 가장 멋지다는 것이 무슨 의미가 있는지 알 수 없음에도 찬양이 자신을 기쁘게 한다고 믿습니다.

허영심 많은 사람의 별을 보면서 요즘 SNS에 사진과 글을 올리는 행위에 대해 생각해 보았습니다. 맛집을 다니면서 먹은 음식을 올리고, 새로 산 옷과 장신구의 사진을 올리고, 각 여행지의 풍경을 올리고, 사랑하는 자녀나 반려동물의 사진을 찍어서 올리고, 그 사진을 본 이들의 찬사의 말에 기뻐하는 우리, 칭찬이 아닌 댓글에는 상처받는 우리. 어린 왕자처럼 허영심 많은 사람에게 손뼉 치는 일이 재미없어진 이들이 댓글로 다른 이야기를 하면 그 이야기는 듣지 않는 우리.

별을 떠나기 전 어린 왕자가 묻습니다. "아저씨를 찬양해. 그런데 그게 아저씨에게 무슨 상관이 있지?" 우리를 칭찬하고 부러워하는 팔로워들이 우리와 무슨 상관일까요? 기계적인 댓글과 '좋아요', 찬사가 과연 우리에게 어떤 의미일까요?

허영심에 빠진 사람은 지나가는 이 하나 없는 자신의 별을 찾아와 준 유일한 사람에게 오직 자신을 찬양할 것만을 요구합니다. 어린 왕자가 관심을 가지며 물어본 말은 듣지도 못하고 말입니다.

아무도 없던 나의 일상에 찾아와 관심을 가져준 사람을 바로 앞에 둔 채, 나만을 생각하다가 상대방의 말을 듣지 못한 적은 없는지 되돌아보아야겠습니다. 우리는 우리에게 관심을 가진 사람이 묻는 그 질문을 듣지 못한 채, 오직 내가 원하는 말만을 들려줄 사람을 찾아서 오늘도 팔지도 않는 친구를 파는 가게를 기웃거리는 건 아닌지 **모르겠습니다.**

허영심에 빠진 사람

　어린 왕자는 세 번째 별의 짧은 방문에 깊은 우울에 빠졌다고 말합니다. 아래는 어린 왕자와 술꾼의 대화를 추린 부분입니다. 한 번 읽어보지요.

"뭘 하고 있어요?"

"술을 마시지."

"왜 술을 마셔요?"

"잊기 위해서지."

"무엇을 잊기 위해서예요?"

"부끄럽다는 걸 잊기 위해서지."

"뭐가 부끄럽다는 거지요?"

"술을 마시는 게 부끄러워!"

　어떤 글이나 장면을 보면 연관되어 생각나는 것이 있기 마런입니다. 나의 경우는 술꾼의 이야기를 보면 윤동주의 시 「자화상」이 떠오릅니다. 아래에 실린 「자화상」을 한번 천천히 음미해 볼까요?

자화상

산모퉁이를 돌아 논가 외딴 우물을 홀로 찾아가선
가만히 들여다봅니다.

우물 속에는 달이 밝고 구름이 흐르고 하늘이
펼치고 파아란 바람이 불고 가을이 있습니다.

그리고 한 사나이가 있습니다.
어쩐지 그 사나이가 미워져 돌아갑니다.

돌아가다 생각하니 그 사나이가 가엾어집니다.

사막에서 샘 찾기

도로 가 들여다보니 사나이는 그대로 있습니다.

다시 그 사나이가 미워져 돌아갑니다.
돌아가다 생각하니 그 사나이가 그리워집니다.

우물 속에는 달이 밝고 구름이 흐르고 하늘이
펼치고 파아란 바람이 불고 가을이 있고
추억(追憶)처럼 사나이가 있습니다.

　『어린 왕자』의 술꾼과 윤동주의 「자화상」의 화자를 동일
선상에서 말한다면, 혹시 술꾼과 민족시인의 시를 함께 이야기하
는 것이 불경하다고 생각하는 사람이 있을까봐 미리 양해를 구하
고 이야기를 시작하겠습니다.
　술꾼과 「자화상」의 화자는 근본적으로 우리 인간의 자기
연민에 대해 이야기하는 것처럼 보입니다. 부끄러움을 잊기 위해
부끄러움을 다시 기억하는 것은 인간의 기묘한 반성법이기도 합

니다. 처음으로 어린 왕자는 술꾼의 말에 난처해졌다고 말합니다. 자기 자신만 보고 자기 자신만을 생각하는 왕과 허영심 많은 사람과 달리 술꾼은 스스로 반성하고 자기 행위에 대해 부끄러워하기 때문입니다. 부끄러워할 줄 알고, 반성할 줄 아는 것은 인간이 가진 좋은 미덕입니다. 그러나 술 마시는 것이 부끄럽고, 그 부끄러운 걸 잊기 위해 다시 술을 마시는 걸 반복하는 것은 반성이 아니라 자기 학대입니다. 우리가 반성이라는 이름으로 하는 행위들이 거의 자기 학대에 가까운 것처럼 말이지요. 반성을 하더라도 변화가 없는 것이 우리의 모습이고요. 그렇기에 그런 인간을 향해 어린 왕자조차 별다른 이야기를 하지 않고 난처해합니다. 자신이 하고 싶은 말은 무엇이든 언제든 하고야 마는 어린 왕자조차 이런 사람을 대하는 것은 쉽지 않은가 봅니다.

반면 「자화상」의 화자는 자신이 미워졌다 그리워졌다 하면서 자기반성을 합니다. 인간에 대한 연민의 정을 느끼며, 인간이 느끼는 보편적인 부끄러움을 마음속 깊이 넣어두고서 말입니다. 둘 다 자기반성과 부끄러움을 이야기하지만 두 인물에게서 느껴지는 마음이 다른 이유가 여기에 있습니다. 술꾼의 경우 반성과 부끄러움이 깊은 우울을 야기하고 자신에 대한 사랑이 느껴지지 않는다면,「자화상」의 화자는 근저에 인간에 대한 사랑과 연민을 품고 있기 때문입니다.

자기 학대와 자기 연민에 대해 생각해 보아야겠습니다. 우리가 하는 반성이 학대인지 연민인지에 대해서요.

°　네 번째 별, 중대한 일을 하는 사업가

　　어린 왕자는 한 번 던진 질문은 포기하지 않습니다. 자신의 질문에 대한 답을 꼭 듣고야 마는 매우 학구적(?)이며 참 끈질긴 소년이지요. 그런 어린 왕자가, 중대한 일을 하기 때문에 방해 받아선 안 되는 사업가를 방해하고 있습니다. 사업가가 방해를 받은 건 오직 세 가지뿐입니다. 첫 번째는 풍뎅이의 요란한 소리 때문에, 두 번째는 신경통 때문이었고, 세 번째가 바로 어린 왕자 때문이라고 말합니다. 중대한 일 때문에 운동할 시간이 없어서 신경통에 걸렸다는 사업가의 말은 마치 지금의 우리를 일컫는 것 같습니다. 우리가 하는 수많은 중요한 일들 때문에 내 몸을 돌볼 시간이 없고, 사랑하는 사람들과 저녁 때 마주 앉아 밥을 먹을 시간이 없지요. 사업가는 공상에 잠길 시간도 없습니다. 별을 세어보고 그것을 관리하는 데에도 시간이 부족하니까요.

　　우리와 가장 비슷한 문제에 직면해 있는 등장인물이 사업가가 아닐까요? 우리가 가장 중요하게 생각하는 문제로 인해 다른 데 신경 쓸 여유가 없지요. 가끔 나는 아이들에게서 당연한 질문을 받고 매우 난처해하곤 합니다. 컴퓨터로 밀린 은행 일을 보는데 아이가 옆에서 말을 걸 때, 답을 하지 못한 적이 있었습니다. 공인인증서와 비밀번호를 착오 없이 눌러야 하고, 입금하는 계좌 등을 정확하게 다시 한 번 확인해야 하기에 아이의 말에 집중할 수 없었지요. "엄마 지금 중요한 일 하고 있으니까 이따 이야기하자"라고 아이를 돌려세웠지요. 일이 끝나자 아이가 묻더군요. "엄마, 중요한 일 다 끝났어?" 그 순간 아찔했습니다. 내게 중요한 일이 고작 돈을 보내고 확인하는 일이었다니 좀 부끄러운 생각이 들기도 했고요.

아마 각자가 자신에게 중요한 일이 어떤 것이었는지 자문한다면 스스로도 피식 웃음이 나오는 일들이 꽤 많을 것입니다. 다른 곳에 신경 쓸 여유가 없었던 중요한 일이 무엇이었는지, 내 삶에서 중요한 일이 무엇인지 진지하게 생각해 봅니다.

지금 중요한 일이 무엇인지에 대한 이야기는 어린 왕자와 비행사의 대화에서도 드러납니다. 사막에서 고장 난 비행기를 고

처야 하는 비행사와 자신이 지나온 별들에 대해 이야기해야 하는 어린 왕자, 둘은 어디에 있을지 모르는 우물을 찾아 함께 사막을 걷습니다. 서로의 눈을 마주 보고, 어린 왕자는 처음으로 비행사를 위해 자신이 하고 싶은 이야기를 멈추고, 비행사는 비행기를 고치는 일을 멈춥니다.

어린 왕자는 중요한 일에 대해서 어른들과 매우 다른 생각을 가지고 있습니다. 자신이 소유하고 있는 꽃 한 송이와 세 개의 화산을 돌보는 일, 어린 왕자가 없다면 그들이 언제 어떻게 될지 알 수 없기에 매일 자신의 일을 게을리하지 않는 것. 그 때문에 자신이 화산과 꽃을 소유하는 건 그들에게 유익한 일입니다. 사업가는 별들에게 전혀 유익하지 않지만 말이지요. 사업가가 별들에게 해줄 수 있는 건 아무것도 없습니다. 그게 무엇인지 모르거나 할 수 없거나 생각해 보지 않았으니까요.

어린 왕자가 생각하는 소유와 사업가의 소유에 대해서는 뒤에서 다시 이야기하도록 해요. 지금은 무척 흥미로운 다섯 번째 별에 대해 이야기할 시간이니까요.

○ 다섯 번째 별, 어리석지만 의미 있는 일을 하는
가로등 켜는 사람

어린 왕자가 무척 관심이 간다고 한 곳이 바로 가로등 켜는
사람이 살고 있는 다섯 번째 별이었습니다.『어린 왕자』를 읽으면
서 가로등 켜는 사람의 별에 대해 유독 많은 생각을 했습니다. 가
로등 켜는 사람의 행위가 무의미해 보이기도 하면서 그의 삶의 무
게가 슬퍼 보였고, 그럼에도 자신의 임무를 놓을 수 없는 그에 대
해 측은한 마음이 생기기도 어떤 숭고함이 느껴지기도 했습니다.
그리고 그것이 마치 우리 인간에게 주어진 매우 아름다운 형벌이
라는 생각까지 들었습니다.

가로등 켜는 사람은 1분에 1번씩 가로등을 켰다 꺼야 하는
고된 직업을 가지고 있습니다. 더구나 명령이 바뀌면서 가로등 켜
는 사람은 더욱 쉴 시간이 없어져서 늘 쉬고 싶어 하지요. 어린 왕
자는 "사람은 누구나 성실하면서도 또 한편 게으름 부리고 싶을
수 있는 것"이라고 생각합니다. 그래서 어린 왕자는 가로등 켜는

사람을 위해 쉴 수 있는 방법을 말해줍니다. 작은 별이라 몇 발짝만 옮기면 한 바퀴 돌 수 있고 그럼 언제나 햇빛 속에 있을 수 있으니 쉬고 싶을 때면 걸어가라 말하지만, 그가 원하는 것은 잠을 자는 것이기에 적절한 해결책이 아니었습니다. 결국 어린 왕자가 그를 위해 해줄 수 있는 일은 없었습니다. 함께하고 싶었으나 너무 작은 별이었기에 두 사람이 같이 머물 수도 없었고요. 어린 왕자는 별을 떠나며 그 별을 잊지 못하는 이유가 24시간 동안 140번이나 해가 지기 때문이었다고 생각하지만 그 말을 할 수 없었다고 고백합니다.

이 가로등 켜는 사람을 보면서 자신에게 주어진 버거운 일이 실은 천형(天刑)이 아니라 한 사람의 존재 이유가 되기도 한다고 생각했습니다. 그리고 이것이 어찌 보면 인간이라는 존재의 근본적인 조건이 아닐까 하는 생각이 들기도 했고요. 우리 인간은 각자 주어진 조건에서 벗어나기 쉽지 않습니다. 때문에 나라는 존재가 없어서는 안 된다는 생각을 하게 되지요. 연인이나 배우자에게 내가 없으면 안 된다는 생각, 자녀에게 내가 없으면 안 될 거라

는 생각, 회사에서 내가 없으면 안 될 거라는 생각… 사실 세상에
내가 없다고 안 되는 일이 있을까요?

　　그러나 한편으로는 내가 없으면 안 된다는 생각이 없다면
나에게 주어진 힘든 일들을 견뎌내는 것이 쉽지 않을 겁니다. 내
가 없으면 안 된다는 믿음과 자기 긍정 때문에 고통과 인내를 감
수할 수 있습니다. 그런 믿음이 없다면, 자신의 삶이 꽤나 불행하
고 쓸모없게 느껴질 테지요. 어찌 보면 매우 멍청하고 어리석어
보이는 이런 모습이 바로 우리를 살아가게 하는 힘이기도 합니다.

여섯 번째 별, 영원한 것만을 기록하는 지리학자

영원한 것만을 기록하는 지리학자를 보면서, 이와 반대되는 생각이 들었습니다. 기록 때문에 영원해진다는 생각 말이지요. 기억하고 기록하기 때문에 영원한 것이 생기지, 영원하기 때문에 기록하는 게 아니라고요. 어찌 되었든 지리학자는 영원한 것만을 기록하고 자신의 별에 온 사람은 탐험가라고 생각합니다. 그래서 어린 왕자를 보자마자 '탐험가'라고 말하지요. 아마 지리학자에게 세상 사람은 지리학자와 탐험가밖에 없을 테지요.

그런데 지리학자는 지도 속에 "바다와 강과 도시와 산, 그리고 사막이 어디에 있는지를 아는 사람"이면서도 정작 자신의 별에 산이 있는지 바다가 있는지 사막이 있는지는 모릅니다. 지리학자는 자신이 아주 중요한 사람이어서 한가롭게 돌아다닐 수 없다고 말합니다. 그래서 자신의 서재를 떠날 수가 없습니다. 다른 사람을 통해서만 자신의 일을 수행할 수 있지요. 서재에서 탐험가를 만나고 그들의 기억을 기록합니다. 탐험가의 기억에서 흥미로운 것이 있으면 그 사람의 품행을 조사합니다. 탐험가의 품행이 훌륭하다고 생각되면 탐험가가 발견한 것을 조사하지만 지리학자가 직접 그곳에 가서 조사하지는 않습니다. 그 대신 탐험가에게 증거를 제시하라고 하지요. 그는 아주 중요한 사람이니까요.

대부분의 중요한 존재들은 책상 앞에 있지요. 땀 흘리지 않고 머릿속으로 세상을 굴리고 세상을 지배합니다. 하는 일이라고는 믿음직스러운 이들에게서 보고를 받고 정리하고 기록하는 일이 전부이지만요. 그들이 보는 세상은 현실에 발 딛고 있지 않고, 문자로 된 책이나 보고서 속에 수치와 통계로 존재합니다. 사업가의 세계가 그러했고 지리학자의 세계 역시 그렇습니다.

° 열심히 노력하는데 무엇이 문제일까

어린 왕자가 각각의 별을 여행하며 만난 사람들 중 열중하지 않는 사람은 거의 없습니다. 술을 마시는 사람조차 그 행위에 몰두하고 있었으니까요. 왕도 지리학자도 겉보기에는 자기 위치에서 할 수 있는 일을 열심히 하고 있는 것처럼 보입니다. 왕은 자신의 권위를 억지로 요구하지 않고 사리에 근거를 두고 이치에 맞는 명령을 내리고, 지리학자도 탐험가들이 알려주는 산과 강과 바다를 성실하게 기록합니다. 오히려 너무나 충실하게 자신의 일만 열심히 하지요. 그리고 자신의 방식으로 다른 사람들을 평가하고 판단합니다. 그럼에도 그들의 모습을 응원할 수 없는 것은 왜일까요? 그리고 어린 왕자는 왜 이런 어른들을 보고 심드렁해져 곧 다른 곳으로 가버릴까요?

여기에는 누구를 위해 무엇을 어떻게, 왜 하는지에 대한 질문이 빠져 있습니다. 우리는 가끔 어른들이 뭐든 열심히 하면 된다고 하는 말을 듣습니다. 그런데 정말 그럴까요? 사기꾼도 정말

잠자리채 들고 산책하는 사람 드로잉

열심히 사기 치고, 도둑도 정말 열심히 도둑질을 한다면 우리는 그 행위에 박수를 보낼 수 있을까요? 물론 어린 왕자가 만난 이들을 도둑과 사기꾼에 비유할 수는 없을 것입니다.

가끔 친일을 했던 이들과 군사정권 시절에 지도층이었던 이들이 국가와 민족을 위해 최선을 다했다고 말하는 것을 듣곤 합니다. 자신에게 주어진 일 그리고 해야 할 일을 열심히 한 것이니 과거사 청산이라는 이름으로 이제 와서 자신들의 지난날을 비난할 수 없다고 말합니다. 그들의 개인적 삶으로만 이야기하자면 그 행위가 자신에게 변명이 될 수 있을지 모릅니다. 그러나 그 누구도 그들의 주장이 타당하다고 생각하지 않습니다.

왜 그럴까요? 그건 그들의 행위가 다른 이의 삶을 망가트리고 고통스럽게 했기 때문입니다. 그러니 내가 하는 일, 내 행위가 어디에 근거를 둔 것인지에 대해 항상 예민하게 살펴야 합니다. 나의 안위를 위한 것이 다른 이의 삶에 어떤 영향을 미치는지, 또 내 안위라는 것이 정말 나를 위한 행위인지도 말이지요. 아마도 이러한 감각을 익히는 것이 더 나은 어른이 되는 길이 아닐까 싶습니다. 물론 그리 쉬운 일은 아닙니다. 인간 세상의 관계라는 것이 워낙 내가 인지하지 못하는 부분에까지 영향을 미치기도 하고, 때론 내가 생각하는 선의와 다른 이의 선의 사이에 간극이 생기기도 하니까요. 그러나 무엇보다 중요한 것은 나에 대해서 세상에 대해서 질문하고 이해하려는 노력일 것입니다.

예전에 읽었던 책인데, 『마르코스와 안토니오 할아버지』(2008, 현문서가)라는 아름다운 이야기가 있습니다. 멕시코에서 무장투쟁을 하는 마르코스가 원주민 할아버지와 만나서 투쟁에 대해, 인간에 대해, 우리가 해야 할 일에 대해 이야기를 나누는 책입니다. 안토니오 할아버지는 현대적인 문물을 갖고도 길을 잘 찾지 못하는 마르코스에게 멋진 이야기를 건넵니다. 가고 있는 길을 잘 모르겠거든 뒤를 돌아보라고. 하지만 뒤를 돌아보는 것은 길을 찾기 위해서가 아니라 전에 내가 어디에 있었는지, 지금 무슨 일을 하고 있는지, 무엇을 원하고 있는지를 생각하기 위해서라고 말합니다.

이 이야기는 정글에서 길을 찾는 것에만 해당되는 이야기가 아닙니다. 우리의 삶에서도 내가 어디를 향해 가고 있는지 모를 때면, 지나온 나의 길을 반추해 보아야지요. 내가 어디에 있었고 무슨 일을 하고 있고, 무엇을 원하고 있는지를 생각하기 위해서 말입니다. 그러면 내가 길을 잘 가고 있는지 잘못 가고 있는지 알 수 있게 되겠지요. 그리고 내 문제가 무엇인지도요. 문제를 발견한다는 것은 문제가 아닌 길을 갈 수 있는 실마리를 찾았다는 의미일 테고요.

 지금 우리는 어디에 있는 걸까요?

° 친구가 없는 어른들

아마도 어린 왕자는 자기가 보고 싶은 것만 보고, 자기가 생각한 대로만 상대방을 대하는 어른들이 재미없었나 봅니다. 어린 왕자에게는 친구가 필요했는데, 왕과 지리학자는 신하와 탐험가만 필요했던 거죠. 신하나 탐험가가 아닌 사람들은 그들에게 아무 의미도 없던 것이었을까요? 그렇다면 그들은 왜 그런 어른이 되었을까요?

생각해 보기 전에, 어린 왕자가 만난 어른들이 이상하다는 것을 못 느꼈나요? 이제 눈치챘나요? 어린 왕자가 만난 어른들은 모두 혼자였지요. 별이 크든 작든 그들의 직업이 무엇이든 그들은 혼자였습니다. 그리고 모두 어린 왕자에게는 관심이 없었지요. 어른들에게 관심 있는 건, 어린 왕자가 과연 자기의 신하가 될 것인지, 자기를 찬양할 것인지, 탐험가일지 하는 것이었어요. 그도 아니면 어린 왕자가 자신을 방해하는 귀찮은 존재가 아니기를 바랄 뿐이었습니다.

이젠 알겠나요?

어른들이 왜 모두 그렇게 자기 멋대로고, 다른 사람은 자기를 위해서 존재한다고 생각하는지 말이에요. 아직 모르겠나요? 그건 바로 그들에게 친구가 없어서입니다. 아니라고, 다들 친구가 있다고 말하고 싶나요? 물론 친구가 있지요. 함께 밥을 먹고 다른 사람들 이야기를 하고, 텔레비전 이야기도 하고, 함께 술을 마시며 이런저런 이야기를 나누는 그런 친구들이 있네요.

그런데 생텍쥐페리가 말하는 친구는 그런 친구가 아닌 것 같아요. 그렇다고 우리의 친구가 진정한 친구가 아니라고 말하는 건 아닙니다. 우리가 흔히 생각하는 친구가 아니라 다른 모습의 친구를 이야기하는 것이니까요. 우리의 생김새만큼이나 다양한 존재가 우리의 친구가 될 수 있고, 우리가 친구를 만들 수 있는 방법 또한 여러 가지입니다. 꼭 사람이 아니어도 괜찮지요. 그럼 생텍쥐페리는 어떻게 친구를 만드는지 볼까요?

2; 친구는 만드는 거야

참 재미있겠지! 아저씨 오억 개의 작은 방울들을
가지게 되고 난 오억 개의 샘물을 가지게 될 테니…

° 가르치는 게 아니라 친구로 만들어

기요메를 기억하나요? 기억나지 않는다면 다시 1장을 읽
어보세요. 아니면 2장을 봐도 좋고요. 기요메는 생텍쥐페리의 소
중한 친구이지요. 기요메는 생텍쥐페리가 비행하는 데 필요한 모
든 정보를 알려줍니다. 그런데 다른 비행사들이 지도에 나오는 항
공로를 가르쳐주는 것과 달리, 기요메는 어떤 도시에 대해 알려줄
때 오렌지 나무 세 그루라든지 농가 이야기만 들려줍니다. 생텍쥐

기요메를 그리워하며 보낸 편지

페리는 기요메가 이야기해 준 도시들의 정보를 하나하나 기록하면서, 자신의 지도를 동화의 나라로 만들어 갑니다. 그리고 생텍쥐페리는 말합니다. "기요메는 에스파냐에 대해 가르쳐주지 않았다. 그는 에스파냐를 내 친구로 만들어주었다."

기요메는 비행하는 데 필요한 기술이 아니라, 비행기 아래 그 어딘가에 있는 사람들과 보이지 않는 실개천과 서른 마리의 양에 대해 알려주었습니다. 생텍쥐페리는 지리학자나 비행사들이 관심을 두지 않는 실개천과 농부, 양을 통해서 비행하는 모든 곳을 자기 고향으로 만들고, 자기의 친구로 만듭니다. 기요메가 가르쳐준 지도 덕분에 위험한 상황을 여러 번 안전하게 넘길 수 있었습니다.

그러니 어린 왕자가 만난 왕과 지리학자처럼 눈으로 보이는 것만을 생각하는 어른들은 눈에 보이지 않는 것이 자신들을 행복하게 만들어준다는 사실을 알지 못합니다. 그들에게는 그냥 지도만 필요할 뿐이지, 오렌지 나무는 필요 없거든요. 우리는 어떤가요? 혹시 왕과 지리학자처럼 눈에 보이는 것만으로 세상을 바라보고 있지는 않나요?

　　오직 보이는 것만으로 세상을 바라보고 판단하는 일이 많습니다. 성적, 돈, 직업, 외모 등이 그렇지요. 그래서 학교에서는 학생들을 성적으로 평가하고, 어른들은 어떤 사람의 능력과 가치를 연봉이나 유명세로 평가합니다. 어린 왕자의 별 소혹성 B612호를 발견했던 천문학자가 천문학회에서 자신이 발견한 그 별을 훌륭하게 증명했지만 그가 입은 옷 때문에 아무도 그를 믿지 않았다고 말했던 그 구절은 어떤가요?

　　사람들은 천문학자가 증명한 멋진 별에 대해서 관심을 갖고 그의 이야기에 귀를 기울인 것이 아니라 그의 겉모습을 보고 그를 평가했습니다. 그가 "서양식 옷을 입지 않으면 사형에 처한다고 강요한" 것 때문에 "1920년에 아주 멋있는 옷을 입고 다시 증명"했을 때, "이번에는 모두들 그의 말을 믿었다"라고 말했지요. 왜 이런 일이 벌어졌을까요? 사람들은 천문학자가 입은 옷으로 그를 평가했기 때문입니다. 우리도 가끔 이런 실수를 저지르곤 합니다. 겉모습으로만 사람을 판단하는 실수 말입니다.

° 하늘의 별이 모두 다르듯,
  하늘 아래 사람도 모두 다르지

　　우리가 사는 지구에서 보면, 하늘에 떠 있는 별들은 모두 반짝이는 빛을 내는 조그만 별로 보입니다. 그러나 조금만 가까이 다가가 별을 본다면, 별들은 각각 아주 다른 모습을 하고 있다는 것을 알 수 있습니다. 실제 모습이 너무 달라서 우리가 본 별이 맞는지 의심스러울 정도입니다. 우리가 만나는 사람들 역시 마찬가지가 아닐까요?

　　우리는 사람들을 보는 다양한 기준이나 가치를 가지고 있지 않습니다. 그래서 많은 경우 사회적으로 정해진 기준과 가치로만 다른 사람을 평가하고 이해하려고 합니다. 그 가치에 미치지 못하는 사람들은 사회에서 소외당합니다. 때론 스스로를 사회에서 보는 가치나 기준에 맞춰 보면서 쓸모없는 사람이라고 생각하는 경우도 있습니다. 다른 사람을 보는 기준뿐만 아니라 자신을 보는 기준조차 다른 사람들이 보는 것에 맞춰 놓았기 때문에 자신을 미워하거나 부끄러워하기도 합니다.

　　누가 어느 대학에 들어갔다더라, 누가 연봉이 얼마라더라, 누가 엄청난 스펙과 부를 가진 사람과 결혼했다더라, 누가 집을 샀는데 집값이 몇 배로 뛰었다더라, 누가 누가 누가… 라는 말 속에서 평생을 살아갑니다. 중요하지 않다거나 신경 쓰지 않는다고 할 수 없는 요소들이기는 하지만, 그렇다고 이러한 잣대로 스스로를 괴롭힐 이유는 없습니다. 나와 다른 생각을 하고 다른 삶을 살고 있는 타인이 있음을 아는 건 중요하지만, 그것이 나를 아프게 하거나 나의 삶을 비하하는 이유로 쓰인다면 눈과 귀를 닫는 편이 낫습니다.

　　아마 다들 그런 경험이 있을 겁니다. 다른 친구들에 비해 이해가 빠르고, 공부를 열심히 하지 않는 것 같은데도 시험을 잘 보는 똑똑한 친구들을 말입니다. 반대로 내용을 이해하는 데 시간이 많이 소요되고 공부를 열심히 하는 것 같은데도 시험 성적이 좋지 않은 친구들도 보았을 겁니다. 저도 두 경우 모두 주변에서 많이 봤습니다. 나는 머리가 안 좋은가 봐, 혹은 나는 머리가 좋아서 시간을 많이 들여 공부할 필요가 없어, 라고 하는 친구들 말이지요.

그런데 이런 기준은 좀 이상하지 않나요? 무엇인가를 잘 외우는 것이 과연 좋기만 할까요? 물론 시험을 치르는 데는 많은 도움이 됩니다. 그러나 그것도 아주 잠깐일 뿐이지요. 쉽게 알고 쉽게 외운 만큼 쉽게 잊히는 것이 당연하니까요. 그리고 우리가 머리가 좋다고 말하는 기준은 언제나 성적이나 학습 능력으로만 매겨지기 때문에 우리 각자가 가지고 있는 다른 능력들은 무시되거나 아예 평가받지 못하는 경우도 있습니다. 공부도 재능 중 하나입니다. 우리 모두에게는 저마다 재능이 있고요. 그런데 이러한 재능에 대해서도 다시 한 번 생각해 볼 필요가 있습니다.

학생들을 가르치면서 자주 듣는 말이 있습니다. "우리 애가 머리는 좋은데 공부를 하지 않아요.", "난 머리가 나쁜가 봐요. 시험을 보면 자꾸 틀려요." 그때마다 저는 이런 대답을 합니다. 공부는 몸으로 하는 것이지, 머리로 하는 게 아니라고요. 손으로 엉덩이로 두 발로 공부하는 것이지요. 머리의 좋고 나쁨이 공부를 잘 하고 못하고를 결정하지 않습니다. 시험은 기술이기도 하고요. 그리고 많은 분야가 그렇듯이 재능이 없어도 어느 정도까지는 이룰 수 있습니다. 오히려 스스로 재능이 없다고 느낀 사람들이 누구보다 열심히 해서 성공하는 경우를 종종 보기도 합니다. 운동도 그렇고 음악이나 미술도 그렇지요. 처음부터 자기 재능을 알거나 파악하는 친구들은 그리 많지 않습니다. 어느 정도까지 한 후에야 재능 여부를 알 수 있고 판단할 수 있습니다.

그런데 놀라운 것은 '어느 정도'까지는 해봐야 한다는 것입니다. 그러니 공부를 시작하는 친구들이 섣불리 머리가 좋다 나쁘다 단정 짓는 것은 시기상조이지요. 머리가 나쁜 게 아니라 하기 싫은 것일 수도 있고요. 세상에 과연 나쁜 머리가 있기나 할까요? 하고 싶은 일, 재미있는 일이 있을 뿐이지요. 어떤 일에 재미를 느끼기 위해서는 지루하고 재미없는 시간을 통과해야 하고요.

누군가를 만나고 친구가 되는 과정에서 여러분은 상대방의 무엇을 보고 질문을 하나요? 법정스님은 만나는 사람에게 어린 왕자 이야기를 했다고 합니다. 그리고 어린 왕자를 만나보지 못한 사람과는 결이 맞지 않는다는 생각을 했다더군요.

　　나는 그 사람이 무엇을 먹는지, 어떤 책을 좋아하는지, 걷는 것을 좋아하는지 묻습니다. 특히 두 발로 걷는 걸 좋아하는 사람에게는 무조건 마음의 한 자리를 나눌 준비를 하지요. 걸으면서 말을 하고 말하면서 걸을 수 있는 친구, 그런 친구를 만난다면 그 친구는 언제라도 길들일 수 있을 것 같더군요. 그 친구가 휠체어를 타고도 걸을 수 있다면 그 친구는 분명 나의 도반(道伴, 함께 도를 닦는 벗)일 겁니다.

○ 세상이 만든 눈으로 나를 보지 마!

  문제는 사람들은 자신이 다른 사람들과 다른 것을 힘들어 하거나 불편하게 생각한다는 것입니다. 그래서 타인의 눈으로 세상을 보는 경우가 많습니다. 나의 눈이 아니라 세상이 만든 눈으로 자신을 보고 세상을 보는 것이지요.

  이것은 어린 왕자가 말하는 어른들과 다름없습니다. 그러나 세상을 보는 눈이 하나일 리 없습니다. 만약 하나의 가치로만 세상을 본다면 우리 중 대다수는 그 기준에 미치지 못하겠지요. 엄마의 말 속에만 있는 옆집 아이와, 친구의 말 속에 있는 돈도 잘 벌고 가정적인 멋진 남편이나 경제활동을 하면서도 자녀를 잘 키우고 남편의 뒷바라지도 잘하는 아내와는 달리 말이지요. 그렇기 때문에 세상을 보는 눈과 가치는 다른 사람과 만났을 때, 그때 언제든 새롭게 만들어질 수 있는 것입니다. 눈으로만 보는 것 말고, 마음으로 볼 때 말입니다.

  혹은 기요메가 이야기해 준 것처럼 지리학자의 지도에는

사막에서 샘 찾기

없는 농부의 가족과 세 그루의 오렌지 나무처럼 말이지요. 또 여우가 어린 왕자에게 말해준 비밀처럼 말입니다.

"안녕" 여우가 말했다.
"내 비밀은 이런 거야. 그것은 아주 단순하지.
오로지 마음으로만 보아야 잘 보인다는 거야.
가장 중요한 건 눈에 보이지 않는다."
"가장 중요한 건 눈에 보이지 않는다."
잘 기억하기 위해 어린 왕자가 되뇌었다.

가장 중요한 것은 눈에 보이지 않는다고 여우는 말합니다. 어린 왕자는 여우와의 만남을 통해서 자신만의 눈을, 자신만의 가치를 만들어냅니다. 그 가치는, 소중한 것은 눈에 보이지 않는다는 것입니다. 왕자는 눈으로만(겉으로만) 세상을 보는 것이 아니라 다른 눈, 그러니까 보이는 것에만 현혹되지 않는 눈, 보이는 것으로만 판단하지 않는 눈이 있다는 걸 조금은 깨닫게 됩니다.

여우와의 만남을 통해서 새로운 눈을 하나 갖게 된 것입니다. 그리고 이 새로운 눈으로 새로운 생각을 하게 됩니다. 생텍쥐페리가 기요메를 만나서 에스파냐를 친구로 만든 것처럼요.

　　여기서 중요한 건 뭘까요?

。새로운 눈, 친구 만나기

바로 친구를 만난다는 것입니다. 여우를 만나고 기요메를 만나고 그들이 하는 이야기에 귀를 기울이는 어린 왕자처럼요.

지구에 왔을 때 어린 왕자는 정원에 만발한 수천 송이의 장미를 보고 무척 실망합니다. 자신의 장미가 세상에 하나밖에 없는 장미인 줄 알았는데, 수천 송이의 장미를 마주하니 자신의 장미가 보잘것없이 느껴진 것이지요. 그러나 여우를 만난 뒤, 어린 왕자는 왜 자신의 장미가 세상에 있는 수많은 장미와는 다르게 의미가 있는지를 알게 됩니다. 그것은 자신이 그 장미를 길들였기 때문이고, 길들이는 것은 눈에 보이는 것이 아니라 많은 시간과 경험을 함께 할 때 비롯되는 것이지요.

즉 어린 왕자가 갖게 된 새로운 눈은, 가치 있는 것은 다른 이와의 만남을 통해 서로 길들이게 될 때, 서로에게 의미 있는 존재가 될 수 있다는 것이었습니다. 누군가를 만난다는 것은 자기의 세계를 한걸음 넓힌다는 의미일 테고, 그다음은 자기가 넓힌 세상이 자기 자신만의 것이 되지 않도록 친구를 만드는 것입니다. 친구 없이 '나 혼자서는' 아무것도 할 수 없으니까요. 그러나 친구란 사람만을 의미하지 않음을 꼭 기억하세요. 지금 읽고 있는 이 책도 여러분의 친구가 될 수 있으니까요.

3; 별을 소유하는 게 무슨 소용이 있어?

"어떤 사람이 양을 갖고 싶어 한다면 그건 그가 이 세상에 있다는 증거야"라고 말한다면 그들은 어깨를 으쓱하고는 여러분을 어린아이 취급할 것이다.

『어린 왕자』를 여러 번 읽었다는 이야기를 했지요? 처음 『어린 왕자』를 접한 이후로 100번 이상 읽었을 거예요. 그런데 그때마다 새로운 이야기를 발견하고 놀란 적이 한두 번이 아니었습니다. 특히 어린 왕자가 별을 소유한다는 사업가와 나누는 이야기를 통해 정말로 우리가 돈을 갖고, 집을 갖고, 어떤 물건을 갖는다는 것이 어떤 소용이 있는지 다시 한 번 생각해 보는 계기가 되었습니다.

여러분도 저처럼 어린 왕자의 이야기를 듣고 여러분이 무엇을 소유한다는 것이 여러분에게 무슨 소용이 있는지 한번 잘 생각해 보세요.

° 소유란 무얼까?

우리는 소유에 대해서 대립되는 의견을 갖고 있습니다. 부정적인 의미로 생각하는 이들은 '소유'가 어느 누구의 것도 아니었던 것, 이를테면 땅과 나무, 산과 같은 자연물에 대해서 자기의 것이라고 주장하면서 시작되었다고 말합니다. 자연 상태에서 누구의 것도 아니던 것이 어느 날 누군가의 것으로 둔갑하면서 소유의 개념이 생겨났다는 것이지요. 그렇기 때문에 소유란 모든 것을 자기만의 것으로 삼거나 다른 이의 것을 강제로 빼앗아서 자기의 것으로 만들면서 시작되는 '폭력'의 과정이라고도 말합니다.

반면 소유를 긍정적인 의미로 생각하는 이들도 있습니다. 자본주의 사회에서는 많은 것을 소유할수록 자신을 위해, 가족을 위해 보다 많은 일들을 할 수 있다고 말합니다. 그리고 열심히 일해서 더 많은 것을 소유하는 것, 이것이 바로 성실한 부자의 상징이라고 말합니다.

양쪽의 주장이 모두 틀린 말은 아닌 것 같습니다. 실제로

우리의 생활에서 소유한다는 것의 문제들이 이와 비슷하게 이야기되고 있는 것도 사실이고요. 그러나 둘 다 소유가 어떠한 것을 '가진다'는 부분에서는 동일해 보입니다.

국어사전을 찾아보면 소유(所有)는 "가지고 있음, 또는 가지고 있는 그 물건"이라고 정의되어 있습니다. 그러나 한자를 그대로 풀어서 쓰면 소유(所有)에서 소(所)란 일정한 지역이나 자리를 뜻하고 유(有)란 존재하다, 있다, 라는 뜻입니다. 그렇다면 소유란 존재하는 것의 자리 또는 있는 바의 것이라고 정의할 수 있겠지요. 결코 누군가의 것이라고 말하는 의미의 '갖다'는 아닙니다.

그러므로 어떠한 물건이 나와 가까운 곳에 있는지 그렇지 않은지, 그리고 그것과 내가 어떠한 관계에 있는지가 바로 '소유'의 근원적인 의미가 되어야 하지 않을까요?

° 소유한다는 건 소유권이란 말이 아니야

　　어느 때부터인지 사람들은 소유를 내가 가지고 있는 것으로만 한정해서 생각하게 되었습니다. 때문에 나만의 것이라는 의미에서 소유권을 주장하고, 법적인 절차를 거쳐서 누구누구의 소유라고 도장을 찍는 경우를 자주 봅니다. 모든 물건에 자기의 이름을 쓰고, 내 것임을 표시해야만 안심할 수 있다는 뜻이겠지요. 사실 이렇게 이름을 쓰고 표시하는 건 매우 귀찮은 일입니다. 그럼에도 우리는 내 물건이라고 표시하기를 좋아합니다.

　　그런데 이름을 쓰는 이유는 무엇일까요? 다른 사람들과 나의 물건이 헛갈리지 않기 위해서? 아니면 내 것을 잃어버렸을 때 쉽게 찾기 위해서? 물론 그런 이유도 있을 것입니다. 그러나 더 큰 이유는 '내 것'임을 알리기 위해서가 아닐까요? 다른 사람은 가질 수 없고, 나만이 가질 수 있다는 의미겠지요. 그리고 혹 내 것일 때만 아끼고 소중히 할 수 있다는 생각 때문이 아닐까요? 또는 다른 사람이 내 것을 건들이지 못하게 하기 위해서는 아닐까요? 우리가 왜 자기의 것이라는 걸 주장하는지 한 번 곰곰이 생각해 보아야겠습니다. 군이 단어의 의미를 따지자는 것은 아니지만, 우리는 때로 단어의 의미에 얽매여서 그 내용도 마찬가지의 방식으로 주장하기도 합니다. 그렇기 때문에 '소유'라는 의미를 다시 한 번 생각해 보면 좋겠습니다.

그렇다면 『어린 왕자』에서 소유는 어떠한 의미일까요? 여러분에게 소유한다는 것은 무엇인가요? 이제 소유의 의미를 찾아서 어린 왕자의 숲으로 떠나보지요.

。 나에게만 유익한 건 소유가 아니야

　　어릴 때 제가 밥을 먹다가 남기거나 엄마의 밥그릇에 내 남은 밥을 덜어놓으면, 엄마가 이런 말씀을 하셨습니다. "아버지가 힘들게 농사지은 건데 남기면 되겠니. 그리고 니가 밥을 잘 먹어야지 쌀도 그 쓰임이 있는 건데…." 아버지가 힘들게 농사지은 것은 어렴풋 알 것 같았습니다. 여름날 땡볕 아래 열심히 피를 뽑는 아버지의 모습을 보곤 했으니 말입니다. 하지만 '쌀도 그 쓰임'이 있어야 한다니. 도대체 무슨 말인가 싶었지요. 대체 무슨 말일까요? 쌀이 무슨 생각을 하는 것도 아니고….

　　그런데 우리 엄마가 내가 생각한 것보다는 훌륭한 점이 있는 것인지 (우린 가끔 엄마를 항상 엄마이기만 한 사람으로만 생각하지요) 『어린 왕자』에 같은 말이 나오더군요. 어린 왕자는 무엇이라 말했을까요? 어린 왕자와 사업가의 말을 한번 들어볼까요?

　　"그럼 그 별들을 소유하는 게 아저씨에게 무슨 소용이 돼?"

"부자가 되는 것이지."

"부자가 되는 게 무슨 소용이 있어?"

"다른 별들이 발견되면 그걸 사는 데 소용이 있지."

"이 사람도 그 술꾼처럼 말하고 있군" 하고 어린 왕자는 생각했다.

어린 왕자는 계산으로 바쁜 사업가에게 별을 소유한다는 것이 무슨 의미인지 묻지만, 사업가는 동어반복만 합니다. 사업가는 단지 자신이 별을 가지고 있다는 것에만 만족하고 있습니다. 그러니 그는 별과 자신 사이에서 그 어떤 관계도 만들어내지 못합니다. 그저 의미 없이 별을 소유하는 것은 부자가 되는 것이고 다른 별이 발견되면 그걸 사는 데 소용이 있다는 말만 계속할 뿐이지요. 마치 술꾼의 별에서 술꾼이 부끄럽기 때문에 술을 마시고, 술을 마시는 것이 부끄러워서 다시 술을 마시는 것과 동일한 반복입니다.

그런데 사업가는 왜 별을 소유하는 것일까요?

"물론이지. 임자 없는 다이아몬드는 그걸 발견한 사람의 소유가 되는 거지. 임자가 없는 섬을 네가 발견하면 그건 네 소유가 되는 거고, 네가 어떤 좋은 생각을 제일 먼저 해냈으면 특허를 받아야 해. 그럼 그것이 네 소유가 되는 거야. 그래서 나는 별들을 소유하고 있는 거야. 나보다 먼저 그것들을 소유할 생각을 한 사람은 아무도 없었거든."

"그건 사실이지. 아저씨는 별들을 가지고 뭘 해?" 어린 왕자가 말했다.

"그것들을 관리하지. 세어보고 또 세어보고 하지. 그건 힘든 일이야. 하지만 나는 진지한 사람이거든!" 어린 왕자는 그래도 흡족해 하지 않았다. "나는 말이야. 머플러를 소유하고 있을 때는 그것을 목에 두르고 다닐 수가 있어. 또 꽃을 소유하고 있을 때는 그 꽃을 꺾어 가지고 다닐 수가 있고, 하지만 아저씨는 별들을 꺾을 수가 없잖아!"

"그럴 수는 없지. 하지만 그것들을 은행에 맡길 수 있지."

"그게 무슨 말이야?"

(중략)

어린 왕자는 중요한 일에 대해서 어른들과 매우 다른 생각을 가지고 있었다.

"나는 말이야. 꽃을 한 송이 소유하고 있는데 매일 물을 줘.

세 개의 화산도 소유하고 있어서 매주 그을음을 청소해 주고는 하지.

불이 꺼진 화산도 청소해 주니까 세 개란 말이야. 언제 어떻게 될지 알 수 없는 노릇이거든.

내가 그들을 소유하는 건 내 화산들에게나 내 꽃에게 유익한 일이야. 하지만 아저씨는 별들에게 유익하지 않잖아…"

이 부분에서 사업가와 어린 왕자가 생각하는 소유가 어떻게 다른지 확연히 드러납니다. 그저 은행에 맡기거나 숫자를 세는 것으로 소유를 확인하는 사업가와, 자신과 자신이 소유하는 대상 서로에게 유익한 일이라고 말하는 어린 왕자의 소유. 여러분은 어떻게 소유하고 싶은가요?

° 숫자가 변하는 것으로
  기쁘거나 슬플 필요는 없어

　여전히 많은 사람들이 주식이나 집값 때문에 울고 웃습니다. 돈이 신기루처럼 생겼다가 사라지기도 하지요. 집을 샀는데 값이 몇 배나 올라서 돈을 벌었다는 사람과 집을 살까 말까 고민하다 사지 않았는데 값이 천정부지로 올랐다는 사람, 집을 샀는데 집값이 처음보다 떨어져서 속상하다는 이들의 이야기는 우리 이야기이기도 합니다. 또 어떤 이들은 주식을 샀는데 주가가 떨어져서 화가 난다는 말을 하지요. 가지고 있는 돈 전부를 주식에 투자하거나 다른 사람 돈으로 주식에 투자했는데, 그 주가가 곤두박질쳐 자살을 택한 가장의 이야기가 뉴스에 나오기도 합니다. 주가가 오르거나 떨어진다고 지금 내 생활이 달라지는 것도 아닌데, 주식은 그저 주식시장에서 숫자로만 변하는데, 사람들은 왜 주식 때문에 자살까지 할까요? 물론 주식을 팔고 현금으로 바꾸어서 사용할 수 있습니다. 그런데 주식을 팔아서 현금화하기보다는 다시 주식을 사는 경우가 많습니다. 그리고 다시 주식을 팔고 다시 주식을 사들입니다. 사업가가 계속 별들을 사서 이를 관리하고 세어보기만 하는 것처럼, 별을 관리하고 세어보는 것으로 시간을 보내는 것처럼 말입니다.

　　학생들은 어떤가요? 돈이 생기면 무엇을 할까요? 쓸 데가 참으로 많지요. 갖고 싶은 것도 많고, 사고 싶은 것도 많지요. 그런데 돈이 많으면 좋다고 하면서도 그것으로 무엇을 하면 좋을지 모르는 경우가 많더군요. 또 새해에 어른들에게 세뱃돈을 받으면 그걸 통장에 넣어두지요. 친구들에게 자랑하기도 하고요. 그러곤 그 돈으로 갖고 싶었던 물건을 사겠다고 말합니다.

　　하지만 그렇지 않은 경우 통장에 있는 돈은 무슨 쓰임이 있을까요? 나중에 필요하다고요? 상급학교, 고등학교나 대학교에 가면 사야 할 것들이 많다고요? 부모님이 게임 비용은 대주지 않으니까 게임 비용으로 써야 한다고요? 그런데 통장에 있는 돈이 학생들을 행복하게 만드나요? 행복하게 할 수도 있지만 그것 때문만은 아니지요. 그리고 통장에 돈이 없다고 불행한 것도 아니고요.

아름다운 꽃과 처음 만나는 어린 왕자 드로잉

어른들은 어떤가요? 투자를 위해 집을 사고, 그 집을 사는데 든 빚을 갚기 위해 무리해서 돈을 벌고, 돈을 벌어야 하기 때문에 자신이 마련한 집에서 편히 쉬지 못하고, 집을 샀다면 그다음에는 더 큰 집을 장만하기 위해 빚을 내고 부채 청산을 위해 더 많은 시간을 써야 하지요. 한번 곰곰이 생각해 봐야 합니다. 내가 언제 행복하고 즐거운지, 무엇이 나를 기쁘게 하는지 말입니다. 그리고 행복해지기 위해서 어떤 노력을 해야 하는지도요.

다시 사업가 이야기로 돌아갈까요? 사업가는 무엇인가를 발견한 사람이 그것을 소유하게 되고, 좋은 생각을 처음 한 사람이 특허권을 갖는다고 말합니다. 특허권은 어떤 물건이나 아이디어에 대해서 '이건 내 거야. 그러니까 만약 내 것을 사용하고 싶으면 나한테 사용료를 지불한 다음 써야 해'라고 말하는 것이지요. 내 것임을 주장하는 권리이자 다른 사람이 사용하려면 나에게 허락을 받아야 하는 권리입니다. 만약 내가 허락하지 않았는데 마음대로 사용하면 법의 심판을 받아야 합니다. 그래서 특허권에는 독점적·배타적 권리라는 말이 들어 있습니다.

° 나만의 것이 아니라
　우리 모두의 것이야

　　그런데 내가 발견한 것이 모두 내 것이 되고, 무엇이든 먼
저 생각을 했다면 그것도 특허권이라는 이름으로 나의 소유가 된
다는 말이 무섭게 들리는 이유는 무엇 때문일까요? 특허권은 타
인이 특허권자의 소유물을 무단으로 사용하는 것을 막기 위한 법
인데 말입니다. 즉, 특허권은 힘들게 연구한 이들의 노력이 헛되지
않게 보호하는 법인데 말입니다.

　　언젠가 본 다큐멘터리 내용입니다. 아프리카에 사는 수많
은 어린이들이 에이즈 치료제가 없어서 죽어가고 있었습니다. 에
이즈 치료제만 처방받으면 생명을 오래 연장할 수 있는데도 아이
들은 왜 죽어갈까요? 그건 바로 이 특허권을 가지고 있는 거대 제
약회사 때문이었습니다. 거대 제약회사들이 만든 에이즈 치료제
는 아주 비싼 값에 팔리고 있었습니다. 저렴한 가격의 에이즈 치
료제가 있었지만, 특허권을 가진 제약회사들이 자신의 특허권을

침해했다면서 더 이상 제조·판매를 하지 못하게 막았기 때문에 사용할 수 없었습니다.

다큐멘터리에서 한 의사는 치료제가 있음에도 불구하고 에이즈로 죽어가는 수만 명의 아이들을 도울 수 없다고 안타까워 하더군요. 참으로 마음 아픈 이야기입니다. 내가 어떤 물건이나 생각을 독점할 때, 그것을 소유할 수 없는 많은 사람들의 목숨을 앗아갈 수도 있다고 생각하니 마음이 편치 않았습니다.

물론 특허를 얻기 위해 노력한 이들이 나쁘다는 것은 아닙니다. 특허권으로 자기 배만 채우고 다른 사람들이 죽어가는 데 관심 없는 욕심쟁이들이 나쁘다는 것이지요.

때론 이렇게 특허권이라는 법으로 인해, 많은 사람들을 구할 수 있는 방법이 있음에도 구할 수 없는 경우가 생기기 때문에 안타깝다는 말입니다. 자기만 소유의 주인이 된다는 것에는 타인을 배제하고 자신만 생각하는 무서운 이기주의가 숨어 있습니다. 서로에게 유익하지 않은 '소유', 다른 사람을 도울 수 없는 '소유'는 무척 꺼림칙합니다.

어린 왕자는 자신이 꽃 한 송이를 소유하고 있어서 매일 물을 주고, 세 개의 화산도 소유하고 있어서 매주 그을음을 청소하고 있다고 말하지요. 그리고 자신이 소유하는 것이 꽃이나 화산에게 유익한 일이라고 말합니다. 소유는 자신에게도 유익한 일이지만 자신의 소유물인 꽃과 화산에게도 좋은 일이라고 말하지요. 마찬가지로 꽃과 화산도 어린 왕자를 소유하고 있습니다. 그들의 소유물인 어린 왕자는 매일 자신들을 위한 일들을 하고 있고요. 소유가 이렇게 멋진 이야기일 수 있다는 게 정말 놀랍지 않나요?

제가 어린 왕자를 통해 배운 아주 멋진 이야기 중 하나가 바로 이 '소유'입니다. 소유하는 사람이나 소유되는 대상, 혹은 서로가 서로를 소유하는 것이지 어느 한쪽의 소유물은 아닌 것. 서로에게 유익한 것. 이건 바로 어린 왕자가 우리에게 이야기해 주는 소유의 놀라운 힘입니다.

이때의 소유는 사람들이 말하는 것처럼 누군가의 것을 내 것으로 만들어가는 착취와 폭력의 모습도 없고, 그저 내 것을 갖지 않는 것이 미덕이 되는 무소유도 아닙니다. 오히려 욕심내서 많이 소유해도 되는 것이지요. 내가 갖는다고 다른 사람이 가질 수 없게 되는 것도 아니고요. 마치 웃음처럼 소유하면 할수록 기쁨이 전염되는 선물과도 같은 소유이지요.

4 ; '길들인다'는 게 뭐지?

난 너를 곁눈질해 볼 거야. 넌 아무 말도 하지 말아.
말은 오해의 근원이지. 날마다 넌 조금씩 더 가까이 다가앉을
수 있게 될 거야…

　　여러분은 어떤가요? 나는 간혹 좋아하는 친구가 나에게 애
정을 보여주지 않으면 화가 나기도 하고 그런답니다. 그런 친구가
학창시절 친구일 수도, 연인일 수도, 배우자일 수도, 자녀나 부모
님일 수도 있겠지요. 나는 그 친구를 위해서 나의 시간을 내어주
고, 그 친구를 위해서 그 친구가 좋아할 만한 것을 선물하기도 합
니다.

　　그런데 그 친구가 나보다 다른 친구에게 더 잘해주거나 나
아닌 다른 친구에게 자신의 고민을 털어놓으면 왠지 섭섭하고 서

운한 마음이 듭니다. 그럴 땐 혼자서 이런 생각을 합니다. '저 친구에게 더 이상 신경 쓰지 말아야지, 이건 너무 불공평해. 내가 자기한테 얼마나 잘해주었는데, 어떻게 나를 배신해'라고요. 물론 이때 나는 친구 관계를 채무 관계로 여긴 것입니다. 마치 빚진 사람이 나에게 그 빚을 갚아야 하는 것처럼 말이지요. 친구를 위하는 마음이 아니었습니다. 내가 베풀었다고 생각한 호의나 관심이 계약 관계에서 사고파는 물건처럼 바뀐 것이지요.

그런데 우리는 종종 이런 생각을 하곤 합니다. 이러면 안 된다는 것을 알면서도 그러기도 하고, 또 때로는 정말로 그 친구가 잘못했다고 생각하기도 하면서 혼란스러워합니다. 그러다 결국 좋은 친구를 잃기도 하고요. 앞서 이야기한 어린 왕자의 '소유'가 아니라 욕심쟁이 사업가처럼 내가 투자한 만큼 되돌려 받아야 한다는 생각이 사람들 사이의 관계를 '소유욕'으로 바꿔버립니다. 아직 어린 우리의 어린 왕자도 그리 생각했던 것 같아요.

그리하여 어린 왕자는 사랑에서 우러나온 호의를 가지고 있으면서도 꽃을 의심하기 시작했다. 그는 대수롭지 않은 말들을 심각하게 받아들이고 몹시 불행해졌다.
어느 날 그는 털어 놓았다.

"꽃의 말에 귀를 기울이지 말아야 했어. 꽃들의 말엔 절대로 귀를 기울이면 안 되는 법이야. 바라보고 향기를 맡기만 해야 해. 내 꽃은 내 별을 향기로 뒤덮었어. 그런데도 나는 그것을 즐길 줄 몰랐어. 그 발톱 이야기에 눈살을 찌푸렸지만 실은 가엾게 여겼어야 옳았던 거야…"

그는 또 이렇게도 말했다.
"나는 그때 아무것도 이해할 줄 몰랐어. 그 꽃의 말이 아니라 행동을 보고 판단했어야만 했어. 그 꽃은 나에게 향기를 선사했고 내 마음을 환하게 해주었어. 결코 도망치지 말았어야 하는 건데! 그 가련한 꾀 뒤에는 애정이 숨어 있다는 걸 눈치챘어야 하는 건데 그랬어. 꽃들은 그처럼 모순된 존재거든! 하지만 난 너무 어려서 그를 사랑할 줄을 몰랐던 거야."

어린 왕자는 바람막이도 만들어주고 물도 주면서 신경을 썼던 장미꽃이 자신에게 고마워하기는커녕 자신을 비난하거나 끊임없이 이것저것 요구하자 매우 불편해합니다. 그래서 결국은 장미와 헤어질 결심을 하고 자신의 별을 떠나려고 하지요.

　　어린 왕자는 그때까지 장미가 진정으로 하려던 말이 무엇인지 몰랐습니다. 그저 자기를 괴롭히고 귀찮게 하는 까다로운 장미가 힘들기만 했던 것입니다. 장미라는 존재가 자신에게 선사했던 선물들이 장미의 까다로움에 가려져 보이지 않았기 때문입니다. 어린 왕자는 눈에 보이는 것만을 본 것이지요. 정말 중요한 것은 눈에 보이지 않는데 말입니다. 때로는 이처럼 눈이 마음을 가리곤 합니다. 그래서 많은 오해가 생깁니다. 원치 않게 친구와 다투기도 하고, 서로 미워하기도 서로를 시험하기도 합니다.

° 누구를 만나든 똑같다면,
나는 언제나 같은 사람만을 만나고 있는 것이지

진실한 눈은 언제 어떻게 만들어질까요?

"잘 있어." 그는 꽃에게 말했다.

그러나 꽃은 대답하지 않았다.

"잘 있어." 그가 되뇌었다.

꽃은 기침을 했다. 하지만 그것은 감기 때문이 아니었다.

"내가 어리석었어. 용서해 줘. 부디 행복해지길 바라."

이윽고 꽃이 말했다.

비난조의 말을 들을 수 없게 된 어린 왕자는 놀라웠다. 그는 유리덮개를 손에 든 채 어쩔 줄 모르고 멍하니 서 있었다. 꽃의 그 조용한 다정함을 이해할 수 없었다.

"그래, 난 너를 좋아해. 넌 그걸 전혀 몰랐지. 내 잘못이었어. 아무래도 좋아. 하지만 너도 나와 마찬가지로 어리석었어. 부디 행복해… 유리덮개는 내버려둬. 그런 건 이제 필요 없어."

"하지만 바람이 불면…"

"내 감기가 그리 대단한 건 아냐… 서늘한 밤공기는 내게 좋을 거야. 난 꽃이니까."

"하지만 짐승들이…"

"나비를 알고 싶으면 두세 마리의 쐐기벌레는 견뎌야지. 나비는 정말 아름다워 보여. 나비가 아니라면 누가 나를 찾아 주겠어? 너는 멀리에 있겠지. 커다란 짐승들은 두렵지 않아. 손톱이 있으니까."

그러면서 꽃은 천진난만하게 네 개의 가시를 보여 주었다.

그리고 다시 말을 이었다.

"그렇게 우물쭈물하고 있지 마. 신경질 나. 떠나기로 결심했으니, 어서 가."

꽃은 울고 있는 자기 모습을 어린 왕자에게 보이고 싶지 않았다. 그토록 자존심 강한 꽃이었다.

때로는 서로의 선택이 잘못된 줄 알면서도 그 길을 갈 수밖에 없는 경우가 있습니다. 언제나 서로에게 상처를 낸 후에야 서로의 문제를 알게 되지요. 그리고 그런 아픔을 통해 조금씩 성숙해지는 것 같습니다. 이제 장미꽃은 더 이상 허영심과 투정만으로 자신의 사랑을 표현하지는 않을 것입니다. 그것은 어린 왕자도 마찬가지겠지요. 어린 왕자 또한 장미꽃을 사랑하는 것이 꽃에 물을 주고 벌레를 잡아주고 바람막이를 만들어주는 행동만이 아니라는 걸 알게 되겠지요.

　　이것이 아마도 진정한 의미에서 서로를 알아가는 것일 테지요. 서로를 알게 된다는 것은 나의 눈으로 그를 보는 것이 아니라, 그의 세상을 볼 수 있는 마음의 눈을 갖는 것입니다. 그리고 각자의 세상을 보는 것이 아니라 둘이 관계 맺고 있는 또 다른 세상을 보게 되는 것이 아닐까요? 그리고 또 다른 세계를 만들어 가는 것일 테고요. 그렇지 않다면 우리는 각자 자신만의 방식을 내세우며 그 방식으로 타인을 만나고 세상을 만나게 되겠지요. 그렇게 된다면 만나는 대상이 달라져도 그 관계가 새롭게 바뀌거나 자신이 새롭게 바뀌지는 않을 것입니다.

우리에겐 용기가 필요해

그렇기 때문에 어린 왕자의 여행은 새로운 세계를 만나고, 새로운 나를 만나는 여행이기도 합니다. 그리고 그 만남들이 어린 왕자를 이전과는 다른, 새로운 사람으로 만들어 갑니다. 어린 왕자가 만났던 지리학자를 기억하나요?

지리학자는 어린 왕자에게 꽃은 기록하지 않는다고 말하지요. 꽃은 일시적인 존재라면서요. 어린 왕자는 일시적인 존재가 무슨 뜻인지 묻습니다. 지리학자는 "그건 '머지않은 장래에 사라져 버릴 위험에 처해 있다'는 뜻"이라고 답합니다. 그 말을 듣고 어린 왕자는 머지않은 장래에 사라져 버릴 위험에 처해 있는 자신의 꽃에 대해 생각합니다. 그리고 그런 꽃을 홀로 두고 온 것을 후회합니다. 이 후회가 어린 왕자가 처음으로 자신과 꽃의 관계를 다시 생각해 보는 계기가 되었지요.

그러나 어린 왕자는 여기서 멈추지 않습니다. '다시 용기를' 내지요. 꽃을 돌봐주기 위해 자신의 별로 돌아가는 것이 아니라 자신의 길을 떠납니다. 어린 왕자는 아직도 배워야 할 것이 많고 아직 만나야 할 세계가 있으니까요. 그리고 완전한 의미에서 새롭게 태어나지 않는 이상, 꽃과 어린 왕자의 관계는 예전과 마찬가지일 테니까요. 새로운 세상을 만나고 새로운 내가 되기 위해서는 많은 용기가 필요합니다. 새가 알을 깨고 나오는 용기가 필요한 것이지요.

  여우와의 만남도 어린 왕자에게는 다른 세계를 만나는 것이었습니다. 언제나 우리에게는 다른 세계를 여는 새로운 만남이 필요합니다. 그렇지만 집안에만 있으면 아무도 만날 수 없습니다. 만나기 위해서는 둥지를 나서야 합니다.

  "너는 누구지? 넌 참 예쁘구나‥" 어린 왕자가 말했다.

  "난 여우야." 여우가 말했다.

  "이리 와서 나와 함께 놀아. 난 정말로 슬프단다‥" 어린 왕자가 제의했다.

  "난 너와 함께 놀 수 없어." 여우가 말했다. "나는 길들여져 있지 않으니까."

"아, 미안해." 어린 왕자가 말했다.

그러나 잠깐 생각해 본 후에 그는 다시 말했다.

"길들인다는 게 뭐지?"

"너는 여기 사는 애가 아니구나. 넌 무얼 찾고 있니?" 여우가
물었다.

"난 사람들을 찾고 있어." 어린 왕자가 말했다. "길들인다는 게
뭐지?"

"사람들은 소총을 가지고 있고 사냥을 하지. 그게 참 곤란한
일이야! 그들은 병아리들도 길러. 그것이 그들의 유일한 관심
사지. 너 병아리를 찾니?" 여우가 물었다.

"아니야. 난 친구들을 찾고 있어. '길들인다'는 게 뭐지?" 어
린 왕자가 말했다.

"그건 너무나 잊혀지고 있는 거지. 그건 '관계를 만든다'는 뜻
이야." 여우가 말했다.

"관계를 만든다고?"

"그래." 여우가 말했다. "넌 아직은 나에겐 수많은 다른 소년들과 다를 바 없는 한 소년에 지나지 않아. 그래서 난 너를 필요로 하지 않고, 너도 날 필요로 하지 않지. 난 너에겐 수많은 다른 여우와 똑같은 한 마리 여우에 지나지 않아. 하지만 네가 나를 길들인다면 난 너에게 이 세상에 오직 하나밖에 없는 존재가 될 거야…"

"무슨 말인지 알 것 같아." 어린 왕자가 말했다. "꽃 한 송이가 있는데… 그 꽃이 나를 길들인 걸 거야…"

참 감동적인 장면이지요. 외롭고 슬픈 어린 왕자가 여우에게 친구가 되어 달라고 부탁하지만, 여우는 친구란 쉽게 살 수 있는 물건 같은 것이 아니라고 말합니다. 친구가 되려면 '길들여야' 한다고 합니다. 다른 관계를 맺기 바라는 것입니다.

그러나 여기서 말하는 '길들이기'란 단지 상대방을 나에게 맞는 방식대로, 말 그대로 개나 고양이를 내 말을 잘 듣는 애완동물로 만든다는 의미로 이해해서는 안 됩니다. 내 입맛대로 익숙하게 만든다는 뜻이 아니라, 관계를 통해서 길들이는 사람이나 길들여지는 대상이나 모두 새로운 존재가 된다는 것이 아닐까요? 이전의 내가 아니라 새로운 관계를 맺음으로 인해서 이전과는 다른 내가 되는 것입니다.

그렇기 때문에 관계를 맺는다는 것은 새로운 '우리'의 탄생을 의미합니다. 각각의 너와 내가 만나서 다른 방식의 관계를 만든다는 것이지요. 이 길들임을 통해서 여우와 어린 왕자는 진정한 친구가 되고, 새로운 형태의 사랑이 시작됩니다.

° 길들인다는 건 잊혀지고 있지만,
　관계를 만드는 거야

　　친구가 필요한 왕자와, 길들이는 것 즉 관계 맺음의 중요
성을 말했던 여우는 서로 다른 방식으로 만납니다. 여우를 길들인
이가 어린 왕자인 것 같지만, 실은 어린 왕자가 여우에게 길들여
진 것입니다. 어린 왕자는 여우와 약속한 오후 4시에 여우를 만나
러 갔고, 거리를 두고 여우를 바라보다가 조금씩 그 거리를 좁혀
나갑니다. 이 모두는 여우가 어린 왕자에게 바랐던 일이고 여우
방식의 길들임이었지요.

　　"너희들은 나의 장미와 조금도 닮지 않았어. 너희들은 아직은
　아무것도 아니야." 그들에게 어린 왕자는 말했다. "아무도 너
　희들을 길들이지 않았고 너희들 역시 아무도 길들이지 않았
　어. 너희들은 예전의 내 여우와 같아. 그는 수많은 다른 여우
　들과 똑같은 여우일 뿐이었어. 하지만 내가 그를 친구로 만들

었기 때문에 그는 이제 이 세상에 오직 하나뿐인 여우야."

　이제『어린 왕자』에서 말하는 '길들이다'가 무엇인지 알겠나요? 어린 왕자가 하려는 말이 무엇인지 그리고 제가 하려는 말이 무엇인지 말입니다. 아직 잘 모르겠다면 잠시 눈을 감고 어린 왕자가 정원에 핀 수많은 장미들에게 한 말을 생각해 보세요. 때론 논리적인 설명보다 글을 몇 번이고 속으로 소리 내어 읽을 때, 그 의미가 와닿는 경우가 있지요. 길들인다는 것은 친구를 만든다는 것입니다.

　어린 왕자는 친구를 만드는 것이 얼마나 중요한지 계속해서 이야기합니다. 길들이는 건 바로 친구를 만드는 거고요. 자기의 생각에 동조하고 자기와 똑같은 누군가를 만드는 것이 아니라, 서로가 서로를 위해 보내는 시간과 서로를 존중하고 알아가는 시간 속에서 만들어지는 친구, 그리고 그 친구를 통해서 만나는 새로운 세상이 바로 길들이는 것이라고 말하고 있습니다.

5; 그건 규율의 문제야

하지만 나는 안심이 되지 않았다. 여우 생각이 났다.
길들여졌을 때는 좀 울게 될 염려가 있는 것이다.

처음 『어린 왕자』를 읽었을 때, 어린 왕자의 이러한 나약함에 매우 실망했어요. '꽃과의 곤란한 일' 때문에 자신의 별을 떠난 것도 한없이 어리게만 보였고요. 자신이 길들인 것에는 책임이 따르고 그 책임은 끝까지 져야 하는데, 힘들다는 이유로 그 장소를 떠나고 그 상황에서 벗어나려는 모습은 어쩐지 훌륭한 사람의 풍모는 아니라고 생각했습니다.

하지만 또 다른 어린 왕자 즉 자기 규율을 잘 지켰던 어린 왕자를 떠올리자, 어린 왕자는 충분히 자신이 해야 할 일에 대해 책임을 다하는 멋진 인물이라는 생각이 들었습니다. 자기 별을 방치하지 않고 최선을 다해서 가꾸었잖아요. 그렇다면 장미와의 관계 속에서의 어린 왕자와, 자기 별을 대하는 어린 왕자가 어떻게 다르고 어떤 방식으로 책임을 이야기하고 있는지 살펴보아요.

"그건 규율의 문제야." 훗날 어린 왕자가 말했다. "아침에 몸단장을 하고 나면 정성 들여 별의 몸단장을 해주어야 해. 규칙적으로 신경을 써서 장미와 구별할 수 있게 되면 바로 그 바오밥나무를 뽑아줘야 해. 바오밥나무가 아주 어렸을 때에는 장미와 아주 비슷하거든. 그건 귀찮지만 쉬운 일이야."

자, 보세요. 어린 왕자는 자신의 별을 누구보다 책임감 있게 잘 가꾸고 있습니다. 만약 잠깐의 게으름으로 바오밥나무를 뽑아주지 않는다면, 바오밥나무가 자신의 별을 온통 뒤덮고 그러면 자신의 별이 사라진다는 것을 어린 왕자는 누구보다 잘 알고 있었습니다.

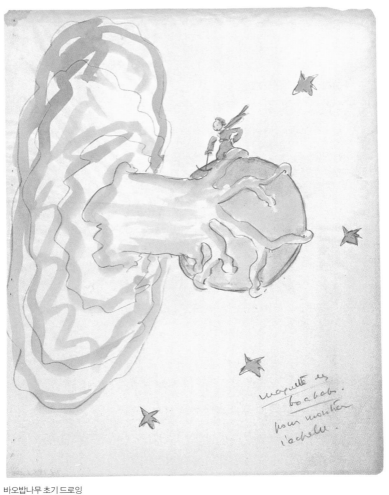

바오밥나무 초기 드로잉

° 귀찮지만 쉬운 일, 규율

아마도 일반적인 어법상 어린 왕자의 이런 행동은 책임감이 있다고 말할 수 있겠습니다. 그리고 이때의 책임감은 어린 왕자가 말하는 '규율'(discipline)일 테고요. 그리고 이것이 우리가 흔히 말하는 책임감의 한 형태겠지요.

예를 들어서 학교에서 청소 당번을 맡았을 때, 다른 친구들은 청소를 대충하거나 도망가는데 한 학생이 누가 보든 보지 않든 아주 더러운 화장실을 깨끗하게 청소했다면 우리는 그 학생에게 책임감이 강하다고 말할 수 있습니다. 그런 건 제가 공부했던 연구실에서도 마찬가지였는데 여러 사람이 함께 꾸리는 공간을 서로 잘 사용하는 것, 이를테면 다음 사람을 위해서 자기가 사용한 공간을 깨끗하게 치우고 제 시간에 세미나를 시작하는 것, 자신이 식사 당번이나 화장실 당번일 때 맡은 일을 열심히 하는 것 등은 규율의 문제이면서, 동시에 이 규율의 문제를 스스로 잘 지켜 나갈 때 책임감이 있다는 말을 듣게 되지요.

그리고 함께 사는 사회에서 규율을 지키는 것은 매우 중요한 문제입니다. 사회뿐만 아니라 가정에서도 마찬가지입니다. 예를 들어, 부모가 된다는 것은 책임에서 벗어날 수 없다는 것을 의미하지요. 누군가의 엄마나 아빠가 된다는 것은 내가 없으면 삶이 불가능한 존재를, 오롯이 책임져야 하는 사람이 되었다는 뜻이지요. 부모가 되기 전에는 그 책임의 한계를 잘 알지 못하지만 말입니다.

그런데 문제가 되는 것은 이 규율이라는 의미의 '책임'이 마치 '나는 원하지 않지만 이것을 하지 않으면 불이익을 당할 수밖에 없기 때문에' 해야만 하는 의무감처럼 여겨지는 경우입니다. 의무감이 나쁘다는 게 아니라 외적인 강제를 통해서 이루어질 때 문제가 되는 것이지요. 누군가가 만들어둔 규율이나 규칙을 지키기 위해 노력하는 것은 매우 중요하고 또 훌륭한 일임이 틀림없습니다. 하지만 자발적으로 지키는 규율(내적 규율, 즉 스스로 만든 규칙으로 나를 성장시키는 '자기 규율')이 아닐 때에는, 법이나 제도로 정해져서 어기면 안 되는 강제성을 띠게 됩니다. 그 때문에 어쩔 수 없이 지켜야만 하는, 단지 우리를 통제하고 압박하는 것, 지키지 않으면 불이익을 당하는 것으로 여겨지는데, 이러한 상황이 문제가 될 수 있습니다.

사실 약속의 대부분이 지키지 않으면 내가 피해를 입기 때문에 지키는 경우가 많습니다. 교통법규도 그렇고, 학교의 규칙도 그렇습니다. 만약 외적인 규율이 없었다면 우리가 이런 약속을 잘 지켰을까요?

° 네가 길들인 것에는
　언제까지나 책임이 있어

　　그러나 어린 왕자와 장미꽃의 관계에서 '책임'은 어린 바오
밥나무를 뽑아주는 것과는 그 책임의 모습이 다르다는 것을 알 수
있습니다. 장미꽃에게 느끼는 책임은 그 약속을 지키지 않는다고
해서 어린 왕자가 피해를 입는 것은 아니기 때문입니다.
　　어린 왕자가 장미꽃에게서 느끼는 책임은 무엇일까요? 누
군가가 벌을 주는 것도 아니고 자신에게 큰 문제가 생기는 것도
아닌데 말이지요.

　　"너의 장미꽃을 그토록 소중하게 만드는 건 그 꽃을 위해 네가
　소비한 그 시간 때문이란다."
　　"…내가 내 장미꽃을 위해 소비한 시간 때문이란다…" 잘 기억
하기 위해 어린 왕자가 말했다.

"사람들은 그 진리를 잊어버렸어." 여우가 말했다. "하지만 넌 그걸 잊으면 안 돼. 너는 네가 길들인 것에 언제까지나 책임이 있지. 너는 네 장미꽃에 책임이 있어…"

"나는 내 장미꽃에 대해 책임이 있어…" 잘 기억하기 위해 어린 왕자는 되뇌었다.

"약속을 지켜 줘야 해." 어린 왕자가 내게 살며시 말했다. 그는 다시 내 옆에 앉아 있었다.

"무슨 약속?"

"약속했잖아… 양에게 굴레를 씌워 준다고… 난 그 꽃에 책임이 있어!"

나는 끄적거려 두었던 그 그림을 주머니에서 꺼냈다.

지금 어린 왕자가 장미꽃에게 느끼는 책임은 '감정'과 관련 있습니다. 사랑하는 대상에 대해 자발적으로 비롯되는 베풂, 그 베풂의 마음에서 나오는 것입니다. 그러니 '감정'의 문제이지요.

　　"자신이 길들인 것에 대해서 책임을 져야 한다"는 여우의 말은 자신이 길들인 것에는 그와 함께한 시간과 그를 통해 만난 세계를 함께 지켜 가고 노력해야 한다는 의미가 담겨 있습니다. 때문에 길들이는 것만 중요한 게 아니라 자신이 길들인 것들을 어떻게 가꿔 가는지가 더욱 중요한 문제입니다. 우리는 흔히 관계를 맺는 것만 중요하게 생각하고 그 관계를 어떻게 만들어 가야 하는지에 대해서는 자주 잊어버립니다.

　　사랑이나 우정도 마찬가지입니다. 사랑하는 사람에 대한 설렘과 열정은 그리 오래 지속되지 않습니다. 그 때문에 우리는 우리가 길들인 대상에 대해서 금세 싫증을 내기도 하지요.

우리 모두는 별의 자녀들

친구들과의 우정도 처음 서로에 대해서 알아가는 순간에는 최선을 다하지만 그 시간이 지나면 더 이상 가꾸지 않습니다. 더 이상 노력하지 않고 서로 이해하지 못한다고 화를 내기도 하지요. 그래서 싸울 때 '친구면서 어떻게 그럴 수 있냐'라는 말을 자주 합니다. 하지만 친구이기 때문에 그럴 수 있다는 것을 우리는 잊어버립니다. 서로가 그렇게 대할 수 있는 건 길들였기 때문입니다. 그런데도 그것을 가지고 화내고 싸우지요. 그렇기에 길들인다는 것은 완료형이 아니라 진행형입니다. 그리고 서로에게 책임이 있기에 끝까지 관계를 만들어 가도록 노력해야 하고요.

『인간의 대지』(Terre des Hommes)에서 생텍쥐페리는 사람이 된다는 것은 바로 책임을 아는 것이라고 말합니다. 그리고 책임을 아는 것은 나로 인해 지구 전체가 황무지가 될 수 있음을 아는 것이고, 그렇기 때문에 사람은 모든 땅과 나무들과 사랑으로 연결되어 있다고 말합니다.

그러니까 책임이라는 말은 '책임'이라는 한 단어로 이야기할 수 없고, 내가 나 혼자가 아니라 다른 모든 것과 연결된 하나의 우주라는 것을 아는 것에서부터 시작됩니다. 그냥 말로만 그런 것이 아닙니다. 실제로 우리의 몸은 우주가 생성될 때부터 있었던 물질로 이루어져 있습니다. 우리의 DNA를 이루는 질소, 치아를 구성하는 칼슘, 혈액의 주요 성분인 철, 애플파이에 들어 있는 탄소 등의 원자 알갱이 하나하나가 모두 140억 년 전 별에서 이미 만들어진 것입니다.

우리 또한 태초에 우주가 생겼을 때 만들어진 별의 자녀들입니다. 그러니 우리가 세상의 모든 것과 서로 사랑으로 연결되어 있다는 건 막연한 상상이나 바람이 아닙니다. 우주의 모든 것은 태초에 생성된 물질들의 흔적, 즉 모든 별의 자녀들인 것입니다. 그러니 지금 지구 저 반대편에서 굶주림으로 죽어가거나 병들어 아파하는 친구들의 고통은 그저 먼 나라의 이야기가 아니라 나의 고통이고 아픔입니다. 우리는 함께 느낄 수 있고, 함께 느껴야 합니다.

4장

어린 왕자가 남긴
이야기

어느 별에 사는 꽃 한 송이를 사랑한다면
밤에 하늘을 바라보는 게 감미로울 거야.

별들마다
모두 꽃이 필 테니까.

☆

　　오래전부터 많은 이들이 나에게 이런 질문을 했습니다. 왜 『어린 왕자』를 읽어야 하느냐는 질문이었지요. 『어린 왕자』가 재미있고 좋은 책인 것은 알겠는데, 사실 다들 좋다고 하니까 그런 줄 아는 거지, 구체적으로 무엇이 좋은 것인지 그리고 무엇 때문에 우리가 『어린 왕자』를 읽어야 하는지에 대한 답은 아니라는 것이었지요. 질문을 받고 곰곰이 생각해 보았습니다. 왜 우리가 『어린 왕자』를 읽어야 하는지 말이에요. 세상에는 아주 재미나고 또 멋진 이야기들이 많은데 왜 『어린 왕자』를 읽어야 할까요?

　　『어린 왕자』의 무엇이 좋았을까요? 여우의 말처럼 나의 대답은 아주 단순하답니다. 어린 왕자가 내 친구이기 때문이지요.

『어린 왕자』를 읽을 때마다 『어린 왕자』는 언제나 나에게 말을 걸어왔습니다. 좋은 친구가 무엇인지 아냐고 물었고, 때로는 책임이 무엇인지, 자유가 무엇인지, 소유가 무엇인지, 전쟁이 무엇인지, 죽음이 무엇인지, 그리고 행복하게 산다는 것이 무엇인지를 물어왔습니다. 그 해답을 찾기 위해 『어린 왕자』를 더 열심히 읽게 만들었으며, 또 지금 나에게 있는 많은 문제와 우리 모두 잊지 말아야 할 중요한 것들에 대해서 생각하게 해주었습니다. 그래서 나에게 『어린 왕자』는 70여 년 전에 쓰인 책이 아니라, 지금 내가 있는 곳에서 나와 함께 길을 걸어가며 나에게 말을 건네는 친구가 되었습니다.

좋은 책이란 이렇듯 나와 함께 커 가고, 나와 함께 내 고민을 나누고, 나와 함께 사랑하고, 나와 함께 친구를 만나고, 나와 함께 늙어 가고, 시간과 세대를 지나 다시 내 딸 내 아들과 함께할 거라고 생각했습니다. 우리에게 『어린 왕자』가 바로 그런 책이 아닐까요?

그렇다면 나와 함께 『어린 왕자』가 지금 우리에게 말을 걸고 있는 이야기가 무엇인지, 함께 생각해야 하는 이야기가 무엇인지 살펴볼까요?

다시 심호흡을 하고 지금 가장 중요하거나 가장 힘든 문제가 무엇인지 떠올려보아요. 우리 다시 출발해 보자고요. 『어린 왕자』가 우리에게 들려줄 남은 이야기들을 위해서요.

1; 나를 위한 일이 아닌 너를 위한 일

그것은 별빛 아래에서의 행진과 도르래의 노래와
내 두 팔의 노력으로 태어난 것이었다.

가끔 나는 귀찮지만 반드시 해야 하는 일들 때문에 짜증을
내곤 합니다. 어떤 때에는 짜증을 넘어 화를 내기도 하지요. 특히
엄마가 된 지금은 매일 밥을 하고, 청소를 하고, 빨래를 하고, 아이
들을 목욕시키고, 장을 보는 등 집안일을 하면서 언제쯤 이런 일
에서 벗어날 수 있을까 한숨을 쉰답니다. 나와 함께 이 모든 일을
해줄 것이라 믿었던 내 짝꿍도 내 생각만큼의 무게로 일을 분배하
는 것 같지는 않고요. 언제나 내가 더 많은 것을 감당하고 있다는
생각에 억울한 마음이 듭니다.

그리고 내가 이런 일을 하지 않아도 되었던 시절, 그러니까 나의 엄마가 나를 위해 모든 것을 해주던 그때로 돌아가고 싶다는 생각을 하게 된답니다.

　　하지만 이 모든 일들은 나만을 위한 것이 아니라 나의 가족, 나와 가까운 사람들, 내가 사랑하는 사람들을 위한 것이라고 생각하며 스스로 위로하기도 합니다. 만약 내가 애정을 갖고 있지 않은 사람들을 위해서 매일매일 이런 일을 해야 한다면 더더욱 하기 싫겠지요. 더구나 독립운동처럼 의미 있고 멋진 일도 아니고 그저 살아가기 위해서 해야만 하는 일들, 일상을 유지하는 일로 인해 많은 시간을 보내야 한다는 것이 보람되지 않았습니다.

　　차라리 이런 일들은 다른 이가 하고 나는 더 멋진 일을 위해 시간을 쓰고 싶었지요. 더 멋진 일이란 게 알고 보면 좀 출세하거나 이름을 알리거나 돈을 버는 그런 일들이고요.

° 가끔은 나도 지금보다 멋진 일을 하고 싶어,
　　그런데 멋진 일이 뭐야?

　　내가 이런 생각을 하고 있을 때, 어린 왕자가 또다시 말을
걸어왔습니다. 혹시 어린 왕자가 여행한 별들 중에서 유일하게 친
구가 되고 싶다고 했던 인물이 누구였는지 기억하나요? 바로 가로
등 켜는 아저씨입니다. 어린 왕자가 그 아저씨에게 무슨 말을 했
는지 다시 한 번 볼까요?

　　'이 사람은 어리석은 사람인지도 몰라. 그래도 왕이나 허영심
많은 사람이나 사업가, 혹은 술꾼보다는 덜 어리석은 사람이
지. 적어도 그가 하는 일은 하나의 의미가 있거든. 가로등을
켤 때는 별 한 개를, 혹은 꽃 한 송이를 더 태어나게 하는 거나
마찬가지니까. 가로등을 끌 때는 그 꽃이나 그 별을 잠들게 하
는 거고. 그거 아주 아름다운 직업이군. 아름다우니까 진실로
유익한 것이고.'

매일 가로등을 켰다 *끄는* 일을 반복해야 하는 아저씨는 자신의 일이 너무 고되고 힘들다고 말합니다. 하지만 어린 왕자가 보기에 그는 사업가나 왕이나 술꾼보다 덜 어리석은 사람입니다. 왜 그럴까요? 그는 유일하게 자기 자신만을 위한 일이 아니라 다른 사람을 위한 일을 하고 있었기 때문입니다.

'저 사람은 다른 모든 사람들, 왕이나 허영심 많은 사람이나 술꾼, 혹은 사업가 같은 사람들에게 멸시받을 테지. 하지만 우스꽝스럽게 보이지 않는 사람은 저 사람뿐이야. 그건 저 사람이 자기 자신이 아닌 다른 일에 전념하기 때문일 거야.'

가로등 켜는 사람은 자신이 찬사 받기 위해서, 칭찬 받기 위해서가 아니라, 정말 다른 사람을 위한 일에 전념하고 있어서 아름답습니다. 그리고 어린 왕자의 논리대로 아름답기에 유익하고요.

그렇다면 가사를 전담하는 엄마나 아빠들이 하는 일들은

어떤가요? 일상을 유지하기 위해 반복하는 일들 말이지요. 집안을 깨끗이 하고, 아이들을 위해 밥을 하고, 빨래를 하는 부모의 일상이 사소하지만 참 놀라운 일이라는 생각이 들지 않나요? 우리의 부모님이 우리를 이렇게 아름답게 만들어주고 있었던 겁니다. 내가 전혀 예상하지 못했던 나의 일, 귀찮고 하기 싫은 그 일상의 일들, 누군가 대신 해주면 정말 좋을 것 같은 그 일들을 우리의 엄마들은 항상 하고 있었던 것이지요. 그러니까 엄마들은 우리가 잘 잊어버리지만 참 멋지고 아름다운 사람들이지요.

그리고 우리의 엄마와 아빠가 해왔듯이 일상의 자잘한 일들은 인간이라면 누구나 해왔던 일입니다. 그런 일상의 일들로 인해서 우리가 지금까지 역사를 이루며 살아올 수 있었다고 생각하면 나의 고된 일상이 그냥 귀찮고 하기 싫은 것으로만 여겨지지는 않을 겁니다. 그 고귀함의 가치를 잊으면 안 됩니다.

지금 하고 있는 일 중에 그런 일이 있을 거예요. 예를 들어 학생이라면 책을 읽고 숙제를 하고 주변을 청결히 하는 일들 말이지요. 학생이든 어른이든 누구든 자신에게 주어진 일상을 살아야 합니다. 일상이 무너지면 아무것도 할 수 없어요. 아침을 챙겨먹고, 치우고, 주변을 정리하고, 점심을 먹고 치우고, 빨래를 하고 개고, 저녁을 먹고 치우고, 다음 날을 준비하고, 이런 일상이 깨지는 순간 다른 일을 할 여유도 삶의 기력도 사라져 버리고 맙니다. 물론 다들 표 나지 않는 이런 일상의 일들을 기꺼워하지 않지요. 인식을 바꾸고 생활을 바꾸는 것은 다짐만으로는 이루어지지 않습니다. 그렇기에 우리는 계속 배우고 공부해야 합니다. 인식을 바꾸기에 가장 좋은 방법은 몸이 규칙성을 찾을 수 있도록 신체를 길들이는 일이지요.

자, 보세요. 내가 남을 위한 일이라고 생각했던 일들이 사실은 내가 나의 부모로부터 받아왔던 보살핌이고, 누구나 당연히 해야 하는 일이라는 생각으로 바뀌었습니다. 나만이 아니라 세상의 모든 사람들이 지금 이 시간에도 그런 일상의 일들을 하고 있고요. 다만 우리가 그러한 사소한 일들의 중요성과 감사한 마음을 자주 잊고 사는 것이 문제이지요. 그리고 사소한 것을 정말 사소한 것으로 만들어버리는 우리 사회의 오래된 통념과 이에 대해 생각하지 않는 안일한 우리의 마음 또한 문제이고요.

　　이렇게 나의 고민들은 어린 왕자의 이야기를 통해 조금씩 해결되기도 하고, 더 깊어지기도 합니다.

° 내가 가진 것은 네가 가진 거야

어린 왕자가 남을 위해 일하는 모습이 아름답고 아름답기 때문에 유익하다고 말하는 부분은 이 장면 말고 다른 장면에서도 나옵니다. 3장에서 우리가 이미 이야기했던 '소유'가 바로 이 이야기라고 할 수 있습니다. 어린 왕자는 소유가 서로에게 유익한 것이라고 말합니다.

어린 왕자가 머플러를 소유한다는 것은 자신이 그것을 목에 감을 수 있고, 그 머플러는 누군가의 목을 따뜻하게 해줄 수 있습니다. 어린 왕자에게 꽃을 소유한다는 것의 의미는 꽃의 인사를 받을 수 있고, 좋은 향기를 맡을 수 있기 때문에 유익한 것입니다. 꽃에게는 어린 왕자가 물을 주고 가꾸어 주기 때문에 유익합니다. 이것은 일반적으로 소유를 '무엇인가를 가지고 있다'라고 생각하는 것과는 매우 다른 생각이지요.

일반적인 의미에서의 소유는 '나'라는 주체가 중요하게 부각되지만, 어린 왕자가 말하는 소유는 '서로'에게 유익하고 그렇기 때문에 나와 물건(대상)이 만나거나 나와 어떤 생각들이 만날 때 그 관계 속에서 서로 유익합니다. 내가 밥을 한 톨도 남기지 않고 먹는다는 건 내 몸을 튼튼히 하기 때문에도 좋고, 쌀이 버려지지 않으니 좋은 것이지요. 그리고 이렇게 서로 그 쓰임에 맞게 서로를 대한다면 세상에는 버려지는 물건도 버려지는 사람도 없을 겁니다. 소유가 이렇게 아름다운 방식으로 이해되고 사용된다면 얼마나 좋을까요.

° 나는 너다, 네가 나이듯

어린 왕자가 말하는 '소유'는 그렇기 때문에 일방적으로 '나'를 강조하지 않습니다. '우리'가 중요합니다. 내가 나를 위한 일과 다른 사람을 위한 일로 나누어서 생각하는 것이 어쩌면 잘 못일 수 있겠다고 생각한 것도 어린 왕자 덕분이었습니다. 우리가 하는 일들은 나와 너를 나눌 수 있는 일들이 아닙니다. 나와 너는 언제나 우리이기 때문입니다. 너와 내가 다르지 않기도 하고요.

마찬가지로 '나'를 강조하지 않게 되면, 인간이 만물의 주 인이라는 생각도 바뀔 수 있습니다. '나'에게만 유익해서는 '소유' 가 아니고, 나와 더불어 그 대상 또한 유익해야 '소유'라고 말하는 어린 왕자처럼, 인간이 우선이라는 인간 중심적인 생각도 변할 수 있습니다.

어린 왕자가 말하는 '소유'나 '유익'하다는 것과 비슷한 생 각에는 또 무엇이 있을까요? 혹시 '공생'(共生)이라는 말을 들어본 적 있나요? 이 공생 덕분에 우리 지구가 숨을 쉬고, 우리 인간이

살 수 있다는 이야기 말입니다.

　　공생하지 않았다면, 지구는 벌써 죽은 별이었을 겁니다. 우리는 이미 공생이라는 우주의 조화 덕택에 생명을 얻고 그 생명을 유지하며 살아가고 있습니다. 학교에서도 꽃과 벌의 관계가 공생 관계라고 배웠으며, 지구촌 이웃과의 관계에서도 공생은 필요하고, 노동자와 자본가 사이에도 남편과 아내 사이에도 부모와 자식 간에도 공생은 너무나 당연하고 당연하기 때문에 어쩌면 서로 잊고 지내는 개념일지도 모릅니다.

　　아주 쉬운 예로, 꽃과 벌이 왜 서로 협력하면서 살아갈까요? 협력해야 번식을 하고 그래야 자기 생명유지뿐 아니라 자손들을 번식할 수 있다고요. 네, 맞는 말이에요. 하지만 이렇게만 생각하면 왠지 생존을 위해 필요하기 때문에 다른 생명체를 이용하는 것으로 들리기도 합니다.

그래서 대부분의 생물학자들은 그들이 공생하는 이유는 각자의 이기적 목적 때문이라고 설명합니다. 비록 몇몇 동물들이 자신의 종족에게 위험을 알리기 위해 내는 신호음 때문에 포식자에게 잡아먹히는 것처럼 이타적으로 보이는 일이 있긴 하지만 이 또한 자신의 유전자를 더 많이 물려주기 위함이니 이기적이라고 말합니다. 즉 동식물들이 서로 협동하고 협력하는 것처럼 보여도 결국 자신의 이기적 목적 때문이라는 것입니다. 물론 그럴 수도 있습니다.

우리가 말하는 '공생'이란 단지 자신들의 이익만을 위한 건 아닙니다. 그냥 함께 있는 것이 서로에게 좋고 유익하기 때문에 함께하는 것이지요. 그리고 이런 일은 오랜 시간이 지나면서 변화해온 것이 아니라 최초 생명이 탄생하는 순간부터 시작되었다고 린 마굴리스(Lynn Margulis)라는 생물학자는 말합니다. 『쥐와 소나무와 돌의 혈통에 관한 이야기, 종의 기원』이라는 책에서 이렇게 소개하고 있습니다.

서로 마음에 든 두 박테리아는 큰 박테리아의 몸속에서 자주 만나 사귀었다. 큰 박테리아의 몸속은 편안했고 그렇게 오랜 세월이 지나자 이 둘은 아예 큰 박테리아의 몸속에 눌러 살게 되었다. 큰 박테리아 한 마리와 작은 박테리아 두 마리는 이제 떨어져서는 도저히 살 수 없었고 결국 한 몸을 이루었다. 큰 박테리아는 핵이 되었고 작은 박테리아 두 마리는 각각 엽록

체와 미토콘드리아가 되었다. 그리고 이 세 가지가 함께 살고 있는 방이 바로 우리가 세포라 부르는 것이다.[*]

어떤가요? '공생'이 세포가 만들어지는 그 순간부터, 그러니까 생명 탄생의 순간부터 시작되었다니 놀랍지 않나요? 이 이야기를 들어보면, 각각 자신의 이익을 위해서가 아니라 함께하는 것이 더 자연스럽고 좋다는 말이 틀린 말이 아닌 것 같습니다.

우리 몸을 예로 한번 생각해 볼까요. 우리의 몸은 수많은 세포들로 이루어져 있습니다. 그러나 세포 하나를 따로 떼어냈을 때, 그것을 우리 몸이라고 할 수 있을까요? 우리가 몸이라고 말할 때는 그것을 그냥 하나로 생각하지요. 어! 어느 DNA가 자기에게 이로운 일을 하네, 어! 다른 DNA는 또 자기에게 이로운 일을 하네, 이렇게 생각하지는 않습니다.

그러니 함께한다는 것은 나에게 이로운 것을 추구하는 이

[*] 박성관, 쥐와 소나무와 돌의 협동에 관한 이야기 종의 기원, 웅진주니어, 2008. p.172.

기적인 태도가 아니라, 함께하는 것이 자연스럽고 그것이 전체에게 좋기 때문에 가능한 것입니다. 이것 또한 이기적인 사고라고 말한다면 어쩔 수 없지만요. 나와 너의 구분이 명확한 것도 아니라는 말입니다. 그저 '우리'라는 공동의 것이 있을 뿐입니다. 그리고 이렇게 '우리'라는 공동의 몸속에서 서로가 서로를 고갈시키지 않고 생기를 돋아나게 한다는 것이 맞을 것 같습니다.

° 공생, 소유 그리고 우리

공생을 말하는 어떤 생물학자는 공생하는 많은 생명체들이 시작과 끝을 구분하기 힘들게 결합되어 있다고 말합니다. 그러니까 재미난 상상도 가능해집니다. 소는 되새김질을 하는 동물이지요. 이 되새김질이 가능한 것은 소의 위 속에 미생물이 가득 들어찼기 때문입니다. 이 미생물들이 없다면 소는 살아갈 수가 없습니다. 그렇다면 소는 동물일까요? 아니면 미생물 발효 용기일까요? 마찬가지로 우리는 각종 박테리아의 거처일까요? 인간일까요? '나'는 내가 아니라 다른 박테리아들의 삶의 터전이라고도 말할 수 있습니다. 지구가 마치 많은 인간들과 동물들 그리고 박테리아들의 집합체인 것처럼 말입니다.

공생을 통해서 이미 하나가 된 것들이 우리 주변에는 아주 많습니다. 아마도 지구에 사는 우리 인간도 다른 생물, 미생물과의 공생 속에서 하나가 되었을 것입니다. 그러니 우리에게만 좋고 다른 동식물에게는 나쁜 것이 있다면 그건 정말 좋은 것이라고 할 수 없겠지요. 그건 우리가 사는 것이 아니라 어느 한쪽이 죽어가는 것이니까요.

어떤가요? 어린 왕자가 말하는 소유와 유익하다는 것이 공생과 참 많이 닮아 있지 않나요? 서로에게 좋은 것. 그것이 우리를 활기 있게, 생명력 넘치게 만듭니다. 종종 우리가 남을 위한 일이라고 으스대는 많은 것들이 나만을 위한 경우가 있습니다. 특히 우리가 성공한 사람이라고 일컫는 이들에게서 그런 모습을 많이 볼 수 있고요. 반대로 이건 정말 하찮은 일이야, 나를 위한 일도 아니고 지루하고 힘들기만 해, 라고 투정하는 일이 사실은 다른 이들을 위해서 그리고 나를 위해서 매우 중요하고 유용한 일이라는 것을 모르기도 하지요.

그렇기 때문에 우리는 무엇이 아름다운 것인지, 무엇이 중요한 일인지, 잊고 지내는 경우가 많습니다. 내가 하는 일을 스스로 하찮은 것이라고 느끼는 저처럼 말이에요. 하지만 내가 하는 일들이 우리를 위한 좋은 일이라는 것을 자연스럽게 이해한다면, 그리고 그 아름다움에 감탄할 수 있는 마음이 있다면, 우리가 그

동안 무시해 왔던 많은 일들이 정말 아름답고 우리에게 매우 중요한 일이었다는 것을 깨달을 수 있습니다.

단지 가로등을 켜고 끄는 행동이 매일 많은 별들을 태어나게 하고 잠들게 하는 아름다운 일인 것처럼, 우리의 일상도 누군가를 태어나게 하고 잠들게 하고 빛나게 하는 아름다운 일입니다.

2; 너와 내가 만나 또 다른 우리 되기

꽃도 마찬가지야. 어느 별에 사는 꽃 한 송이를 사랑한다면
밤에 하늘을 바라보는 게 감미로울 거야.
별들마다 모두 꽃이 필 테니까.

내가 앞서 했던 말을 기억하고 있나요? 무엇인가에 대해서
고민하고 있을 때마다 어린 왕자가 나에게 말을 걸어왔다고 한 것
을요.

언제부터인가 내게 가장 큰 고민은 바로 '친구', 폭넓게 말
해 '인간관계'였습니다. 어떤 때에는 친구와의 다툼으로 학교에 가
기 싫어한 적도 있었고, 어떤 때는 친구와 헤어지는 것이 싫어서
엄마에게 그 친구와 하룻밤만 같이 잘 수 있게 허락해 달라고 조
르기도 했었지요.

친구와의 관계가 좋을 때는 별 문제가 없지만, 항상 문제는 서로 다른 생각을 하고 그로 인해 다툼이 생길 때입니다. 성인이 되어서는 사회에서 만나는 사람들과의 인간관계 문제로 직장을 그만두기도 하고 새로운 곳에 발을 담그기도 하고요.

　　친구는 우리가 아주 어릴 때뿐만 아니라 어른이 되어서도 항상 중요합니다. 우리가 살아가는 데 기본이 되는 아주 작은 관계망이라고 할 수 있습니다. 다시 말해, 조그만 사회라고 할 수 있을 것 같아요. 그렇기 때문에 사람들과의 관계를 어떻게 맺느냐에 따라서 그 사람이 지금과는 아주 다른 사람이 될 수도 있지요.

내가 만난 친구들이 아니었다면, 지금의 내 모습이 아닌 다른 모습으로 다른 삶을 살고 있었을지도 모릅니다. 어떤 친구를 만나서 나와 친구가 어떻게 서로 다른 나와 네가 되는지도 정말 중요합니다. 어린 왕자가 여우를 만나서 변화된 것과 비행사가 어린 왕자를 만나서 변화된 것을 통해서도 알 수 있지요.

"너는 금빛 머리칼을 가졌어. 그러니 네가 나를 길들인다면 정말 근사할 거야! 밀은 금빛이니까 나에게 너를 생각나게 할 거거든. 그럼 난 밀밭 사이를 지나가는 바람소리를 사랑하게 될 거야…"

여우는 어린 왕자의 머리 빛깔을 닮은 밀밭을 좋아하게 되고, 또 그 밀밭 사이를 스치는 바람소리까지 사랑하게 됩니다. 어린 왕자로 인해 더 많은 것들을 사랑하게 되고 더 많은 것들이 자신과 연결됩니다.

그렇기 때문에 『어린 왕자』에서 친구는 많으면 많을수록 더 좋습니다. 친구를 만드는 데 욕심을 내도 괜찮다는 말이지요. 우리는 친구로 인해서 삶이 풍요로워질 테고, 사랑해야 할 것도 많아질 겁니다. 그러나 친구는 단지 만들기만 해서는 안 되지요. 친구를 위해서 우리의 시간을 더욱 많이 내주어야 합니다. 그냥 만들기만 한다고 친구가 되는 것은 아니니까요.

언젠가 생텍쥐페리가 이런 말을 한 적이 있습니다.

진정한 사치는 하나밖에 없으니 그것은 인간관계의 사치다. 물질적 이익만을 위해 일한다면 그것은 우리 자신이 우리의 감옥을 만드는 것에 불과하다. 그것은 우리가 살 만한 가치가 조금도 없는 재와 같은 돈을 가지고 외롭게 유폐되는 것과 같다.

참 좋은 말이면서 참 힘든 말입니다. 사치라는 말은 우리에게 좋은 어감이 아니잖아요. 불필요하게 많은 물건에 욕심 내는 것을 우리는 사치라고 하는데, 생텍쥐페리는 진정한 사치는 인간관계의 사치라고 말하고 있습니다. 생텍쥐페리가 말하는 진정한 사치, 인간관계란 친구를 일컫습니다. 친구를 위해서 무엇인가를 하는 것이 물질적인 이익을 위해서 일하는 것보다 훨씬 좋다고 강조하는 것이지요.

다다익선(多多益善)이라는 말은 이럴 때 쓰는 말인 듯합니다. 친구를 많이 만드는 것, 많을수록 좋은 것, 그리고 그 친구를 통해서 또 다른 세상을 만나고 더 멋진 모습으로 변화되는 것. 이것이 바로 진정한 의미의 사치이지요. 물건에 욕심 내지 말자고요. 좋은 친구를 만들고 내가 누군가에게 좋은 친구가 되는 데 욕심을 한번 내보는 건 어떨까요?

° 웃을 줄 아는 별을 갖게 된 비행사

『어린 왕자』를 읽다보면 아름다운 문장이 참 많아서 가슴
이 따뜻해지거나 나도 모르게 하늘을 올려다보는 일이 생깁니다.
특히 어린 왕자가 이별을 앞두고 비행사에게 말하는 이 부분은 참
감동적입니다.

"사람들에 따라 별들은 서로 다른 존재야. 여행하는 사람에겐
별은 길잡이지. 또 어떤 사람들에겐 그저 조그만 빛일 뿐이고.
학자에게는 연구해야 할 대상이고. 내가 만난 사업가에겐 금
이지. 하지만 그런 별들은 모두 침묵을 지키고 있어. 아저씨
어느 누구도 갖지 못한 별들을 갖게 될 거야."
"무슨 뜻이니?"
"밤에 하늘을 바라볼 때면 내가 그 별들 중의 하나에 살고 있
을 테니까, 내가 그 별들 중의 하나에서 웃고 있을 테니까, 모
든 별들이 다 아저씨에겐 웃고 있는 듯이 보일 거야. 아저씨

어린 왕자와 망치를 든 조종사 (1942년)

웃을 줄 아는 별들을 갖게 되는 거야!"

(중략)

"별들이 아니라 웃을 줄 아는 조그만 방울들을 내가 아저씨에게 잔뜩 준 셈이 되는 거지…"

고장 난 자신의 비행기를 고치는 것이 무엇보다 중요했던 비행사, 어릴 적 그린 그림에 관심을 보이지 않던 어른들 때문에 더 이상 그림을 그리지 않았던 비행사. 그 비행사가 어린 왕자를 만난 후 다른 사람이 되었습니다. 더 이상 그림을 그리지 않았던 비행사는 어린 왕자를 위해 양을 그려주고, 언제 죽을지 모르는 사막 한가운데에서 비행기를 수리하는 대신 어린 왕자와 함께 어딘가에 있을 사막의 샘을 찾아나섭니다. 눈앞에 보이는 중요한 일이 아니라 '진정'으로 중요한 일이 무엇인지 눈을 뜨게 됩니다.

어린 왕자의 말처럼 비행사는 밤하늘에 떠 있는 수많은 별들이 아니라 '웃을 줄 아는 조그만 방울들을' 갖게 됩니다. 그래서 비행사는 어린 왕자와 헤어진 후에도 자신이 그려준 양이 어린 왕자의 별에서 꽃을 먹었을지 걱정합니다.

이 세상 어딘가에서 우리가 알지 못하는 한 마리 양이 한 송이 장미꽃을 먹었느냐 먹지 않았느냐에 따라서 천지가 온통 뒤바뀌게 될 것이다.

하늘을 바라보라. 생각해 보라. 양이 그 꽃을 먹었을까, 먹지 않았을까? 그러면 거기에 따라 모든 게 변함을 여러분은 알게 되리라.

비행사는 어린 왕자와 친구가 된 후, 밤마다 별들에게 귀 기울이기를 좋아합니다. 비행사는 오억 개의 조그만 방울들을 갖게 되었고, 그 방울들이 내는 소리에 귀 기울이게 되었고, 별들을 사랑하는 사람이 되었습니다.

비행사가 어린 왕자와 친구가 되고 얼마나 큰 사치를 누리게 되었는지 상상할 수 있나요? 그 행복과 그 기쁨을 여러분도 함께 느끼고 누렸으면 좋겠습니다. 여러분의 친구를 통해서, 여러분이 만든 친구들과의 만남을 통해서 말입니다.

어린 왕자가 그러했고 비행사가 그러했듯이 서로 다른 둘이 서로 다른 우리가 되었습니다. 왜 '우리가 되었다'고 하는지 이제 알겠지요? 서로 다른 둘이 서로 함께할 수 있는 것들을 만들어 냈기에 '우리'라고 말하는 것입니다. 여우와 어린 왕자가 노란 밀밭을 함께 공유하면서 서로를 떠올리듯이, 어린 왕자와 비행사가 밤하늘에 있는 오억 개의 작은 방울들을 보며 함께 기뻐하듯이 말입니다.

어린 왕자가 여우를 통해, 친구를 만든다는 것은 서로 길들여야 한다는 것을 알게 된 것처럼, 그리고 비행사가 보아구렁이가 아니라 양과 어린 왕자를 그릴 수 있게 된 것처럼, 나는 여러분이 『어린 왕자』를 만난 후 어린 왕자와 친구가 되었으면 좋겠습니다. 힘든 일이 생길 때마다, 어린 왕자를 떠올리고 어린 왕자의 이야기를 통해 웃을 수 있었으면 좋겠습니다. 그리고 어린 왕자를 통해 여러분과 내가 서로 좋은 친구가 될 수 있었으면 좋겠습니다.

여러분과 내가 만나 우리의 어린 왕자에 대해 이야기하며 서로 깔깔거릴 수 있었으면 정말 좋겠습니다. 나의 친구인 여러분과 함께 말입니다.

3: 길들인 것에는 우리 모두 책임이 있어

그래서 아저씨의 슬픔이 가셨을 때는(언제나 슬픔은
가시게 마련이니까) 나를 안 것을 기뻐하게 될 거야.
아저씬 언제까지나 나의 친구로 있을 거야.

책을 여러 번 읽는다고 그 내용을 모두 이해하게 되는 것은
아니지만, 읽을 때마다 다른 것을 이해하게 되고 다른 내용이 보
이기도 합니다.

처음 『어린 왕자』를 읽고 여우가 말한 '길들인다'는 것에
매우 감명을 받았지요. 그리고 친구가 된다는 것은 서로 길들이는
거고, 길들이는 것은 그 친구의 세계까지 함께 공유할 수 있다는
것이 놀라웠습니다. 또 뭔가 깨달음을 얻은 것 같아서 좋았지요.
그래서 길들인다는 것에 대해 한참 생각하고 오랜 시간을 보내기

도 했습니다.

그러던 어느 날 우연히 법정스님의 책『무소유』를 읽게 되었습니다. 중학교 국어 교과서에도 법정스님의 글이 있었고, 종종 법정스님의 책을 읽곤 했지만, 정말 우연히 다시 읽게 된 것이지요. 그리고 정말 놀랐습니다.『어린 왕자』도『무소유』도 처음 읽는 책이 아닌데 그 전까지는 전혀 읽을 수 없었던 내용이 눈에 들어왔기 때문이었습니다. 왜 그런지 그때는 잘 몰랐습니다. 시간이 더 흐른 후에야 왜 그 순간, 그 내용에 대해 다시 생각하게 되었는지 알 수 있었답니다.

우선 법정스님이『무소유』라는 책에서 무엇을 말했는지 이야기해 볼게요. 법정스님은 「영혼의 모음, 어린 왕자에게 보내는 편지」라는 글에서 어린 왕자를 통해 받은 감동을 이야기합니다. "만약 누군가 나에게 한두 권의 책을 선택하라면『화엄경』과 함께 주저하지 않고『어린 왕자』를 고르겠다." 그리고 "『어린 왕자』를 읽고도 별 감흥이 없어 하는 사람들이 있는데, 그런 사람은 나와 치수가 잘 맞지 않는 사람으로 생각하고, 어떤 사람이 나와

어린 왕자 이전에 그린 열두 명의 소년

친해질 수 있느냐 없느냐는 너를 읽고 난 그 반응으로 능히 짐작할 수 있다는 말이다. 그러니까 너는 사람의 폭을 재는 한 개의 자다"라고까지 이야기합니다.

　　법정스님도 『어린 왕자』를 통해서 밤하늘을 보고 웃을 수 있는 마음을 갖게 되었고, 또 다른 진리를 볼 수 있었다고 말씀하신 거죠. 여러분도 꼭 한 번 법정스님의 『무소유』를 읽어봤으면 좋겠습니다. 어린 왕자에 대한 이야기 말고도 정말 멋지고 아름다운 이야기가 참 많으니까요.

법정스님의 책을 읽고 나서 다시 『어린 왕자』를 읽어보았습니다. 그랬더니 그동안 놓치고 있었던 이야기가 눈에 들어왔습니다.

"사람들은 그 진리를 잊어버렸어." 여우가 말했다.
"하지만 넌 그걸 잊으면 안 돼. 너는 네가 길들인 것에 언제까지나 책임이 있지. 너는 네 장미꽃에 책임이 있어…"
"나는 내 장미꽃에 대해 책임이 있어…"
잘 기억하기 위해 어린 왕자는 되뇌었다.

우린 『어린 왕자』를 읽을 때, 이 부분을 자주 잊곤 합니다. 많은 사람들이 길들인다는 부분에 집중한 나머지 정작 자신이 길들인 것에 책임이 있다는 말은 잊어버립니다. 그래서 길들인 것에 더 이상 책임지지 않고, 자신이 누군가를 혹은 무엇인가를 길들였다고 우쭐해 하지요. 그것이 사람들이 잊어버린 진리입니다. 『어린 왕자』를 다시 읽기 전의 제 모습처럼 말이지요.

　　아마 생텍쥐페리는 많은 사람들이 서로를 알아가고 길들이는 것에는 집중하지만 그에 걸맞은 책임은 등한시하는 것에 대해서 이야기하고 싶어 했던 것 같습니다. 우리는 보고 싶은 것만을 보려 하지요. 앞서 이야기했지만 생텍쥐페리에게 사람이 된다는 것은 바로 책임을 아는 것입니다. 자신의 행동이 그저 별 의미가 없는 것이 아니라, 내가 한 책임감 없는 행동이 이 세상을 황무지로 만들어버릴 수도 있다는 것을 알아야 한다고 말합니다.

　　다시 법정스님의 생각을 빌리자면 이렇습니다. 스님은『무소유』의 「인형과 인간」이란 부분에서 "책임을 질 줄 아는 것은 인간뿐이다. 이 시대의 실상을 모른 체 하려는 무관심은 비겁한 회피요. 일종의 범죄다. 사랑한다는 것은 함께 나누어 짊어진다는 뜻이다. 우리에게는 우리 이웃의 기쁨과 아픔에 대해 나누어 가질 책임이 있다. 우리는 인형이 아니라 살아 움직이는 인간이다. 우리는 끌려가는 짐승이 아니라 신념을 가지고 당당하게 살아야 할 인간이다"라고 이야기합니다. 책임을 지는 인간. 책임과 함께 나눔이 없다면 그건 인간이라 할 수 없다는 뜻입니다.

아마 학생일 때는, 새 학년이 되면 누가 나와 가장 좋은 친구가 될 수 있을지를 탐색하고 그러다가 친구를 사귀고 친밀한 관계를 이어갑니다. 마치 세상에 우리 말곤 그 누구도 없는 것처럼 말이지요. 그러다 그 친구와 사소한 다툼이 생기면 금세 마음을 바꾸어서 '다른 친구와 놀면 되지! 너 아니면 친구가 없겠니!'라는 마음을 품기도 하고요. 하지만 『어린 왕자』에서 말하고 있는 것처럼 친구는 공산품이 아니지요.

성인이 되어서도 마찬가지입니다. 새로운 환경에서 다양한 이들을 만나고 그들과 짧거나 긴 만남을 이어가지요. 어쩔 수 없이 맺어야 하는 관계도 생기고, 친구나 연인뿐 아니라 다양한 인간관계를 맺게 됩니다. 연인과의 관계도 그렇습니다. 사랑이라는 애틋한 감정은 그리 오래 지속되지 않거든요. 사랑을 하다 헤어지기도 하고 그 사랑이 퇴색되기도 하지만 헤어짐에도 책임이 따릅니다.

상점에서 마음에 드는 것을 골랐다가도 싫어지면 다른 물건으로 교환하는 것과 달리, 인간관계에서는 환불이나 교환이 가능하지 않습니다. 세상에 친구를 파는 가게는 없으니까요. 어린 왕자가 자신이 길들인 것에는 책임이 있다고 말하면서 장미에게로 돌아가듯이, 우리 또한 우리가 길들인 것에 책임이 있지요. 그렇기 때문에 친구가 되었다가 그저 싫증 나서 또는 사소한 다툼이나 문제로 인해 친구와 헤어지는 일이 있어서는 안 될 것 같아요.

책임이 있다는 말은 생텍쥐페리의 말처럼 내가 아니면 세상이 황무지가 될 것이라고 생각하는 것, 그래서 내가 너를 아프게 한다면 세상 모두가 아파할 수 있다는 것을 아는 것입니다. 그런데 스스로에게 함몰된 우리는 항상 내가 제일 아프다고 말하지요. '너만 아프니? 나도 아파, 아니 내가 더 아파.' 또는 내 아픔의 크기가 너무 커서 나 이외에는 아무것도 보이지 않지요.

° 오억 개의 샘물과 오억 개의 작은 방울들

비행사와 어린 왕자의 마지막 장면입니다. 어린 왕자는 지구를 떠나면서 비행사에게 사랑이 얼마나 커질 수 있는지 가르쳐 줍니다. 그리고 그 사랑에는 끝까지 지켜야 하는 책임이 있다고 말합니다.

"참 좋겠지. 나도 별들을 바라볼 거야. 별들이란 별들은 모두 녹슨 도르래가 있는 우물로 보이게 될 테니까. 별들이 모두 내게 마실 물을 부어줄 거야…"

나도 아무 말도 하지 않았다.

"참 재미있겠지! 아저씬 오억 개의 작은 방울들을 가지게 되고 난 오억 개의 샘물을 가지게 될 테니…"

그러고는 그도 역시 아무 말이 없었다. 그는 울고 있었기 때문이었다…

"저기야. 나 혼자 한 발짝 걸어가게 내버려둬 줘."

그러더니 그는 그 자리에 앉았다. 무서웠기 때문이었다.

그가 다시 말했다.

"아저씨… 내 꽃 말인데… 나는 그 꽃에 책임이 있어! 더구나 그 꽃은 몹시 연약하거든! 몹시도 순진하고, 별것도 아닌 네 개의 가시를 가지고 외부 세계에 대해 자기 몸을 방어하려고 하고…"

나는 더 이상 서 있을 수가 없어서 앉았다. 그가 말했다.

"자… 이제 다 끝났어…"

『어린 왕자』에서 생텍쥐페리는 아주 많은 것들에 대해서 이야기하고 있습니다. 그런데 무엇을 이야기하든 그가 하려는 이야기는, 우리가 다른 사람과 물건 혹은 다른 세상(생텍쥐페리는 인간만을 이야기하는 사람이 아닙니다)과 관계를 맺는 일은 살아가는 데 정말 중요하다는 것입니다. 사람들이 너무 자주 잊어버리지만 우리가 항상 생각해야 하는 것들이지요. 무언가를 소유하는 것은 모두에게 유익하다는 것과 길들인다는 것은 서로의 세계를 받아

들이고 그것을 함께 공유한다는 이야기입니다. 마찬가지로 이 모든 것에 대해 내가 아니면 안 된다는 생각으로 책임감을 가져야 하고요.

다시 말해 소유할수록 서로에게 이롭고, 그렇기에 많이 소유해도 탈 나지 않고 더 큰 사랑을 만들 수 있는 것입니다. 누군가를 사랑한다는 것은 그의 '오억 개의 작은 방울들'과 '오억 개의 샘물'을 갖게 되는 것처럼 그와 함께 보냈던 시간을 통해서 서로의 세계를 소유하게 되는 것이고요. 이 사랑 속에서 길들인 것에 대한 책임을 느껴야 하는 것이지요.

마치 어린 왕자가 자신의 별로 돌아가기 전에 비로소 자신이 왜 장미를 사랑했으며, 소유하고 있는 장미에 대해 어떠한 책임이 있는지 알게 되는 것처럼 말입니다.

소유하는 법, 길들이는 법, 사랑하는 법, 책임지는 법

어린 왕자의 별 소혹성 B612를 떠나 여러 작은 별들을 거쳐 지구에 온 어린 왕자는 여우를 만나고 비행사를 만나면서 다른 이와 이야기하는 법, 기다리는 법, 길들이는 법, 사랑하는 법, 책임지는 법을 배웁니다. 이 모든 것을 배우고 자신의 별에서 떠나올 때와는 다른 어린 왕자가 되었습니다.

어린 왕자는 비행사가 비행기를 고치고 자신이 살던 곳으로 돌아갈 시간이 되었을 때, 그와 헤어져야 할 시간이 다가왔음을 압니다. 그리고 별것도 아닌 네 개의 가시를 가지고 외부 세계로부터 자기를 지키려는 장미에게 돌아가야 할 시간이라는 것도 알았지요. 그건 바로 자기가 길들인 것에 대한 책임이고, 어린 왕자에게 있어서 그 책임이란 장미와 자기 별의 화산들을 돌보는 그런 일상입니다.

그러나 그 일상이 별을 떠나오기 전의 일상과 같지는 않을

겁니다. 아마도 자기의 별로 돌아간 어린 왕자는 그전처럼 장미의 가시 돋친 말에 상처 받거나 화를 내지는 않을 겁니다. 그리고 자신의 별에서 해가 지는 모습을 보면서 오억 개의 샘물로 풍요로운 일상을 만들어 갈 것입니다.

어린 왕자는 '어린' 왕자이지만 정말이지 배울 것이 아주 많은 '성숙한' 왕자입니다. 어린 왕자는 나와 같은 어른도 생각지 못하거나 아직 실천하지 못하는 것들을 알고 또 자신을 바꾸기까지 하니까요. 그러니까 어린이와 어른의 구분은 단지 나이만의 문제는 아닙니다. 어른이어도 아이보다 훌륭한 판단을 하지 못해서 다른 사람을 아프게 하기도 하고, 어떻게 하면 좋은지 알면서도 다양한 핑계를 대면서 하지 않기도 하니까요. 그러니 더 이상 나이나 숫자로 사람을 판단하지 말자고요. 그리고 어린 왕자가 들려준 이야기로, 우리의 일상도 풍요롭게 만들어 가자고요.

4; 위로받아야 할 처지에 있는 모든 이들에게

그러나 그건 벗어 버린 낡은 껍데기나 같을 거야.
낡은 껍데기가 슬플 건 없잖아…

.

여러분은 어떤가요? 나는 책을 통해서 세상과 만나고 사
람들과 만납니다. 그리고 책을 통해 만난 사람들과 세상이 나에게
많은 이야기를 해줍니다. 때론 위로해주고, 때론 사랑해주고, 때론
나태해진 나를 채찍질하기도 하지요. 그리고 무엇보다 아파하고
힘들어하는 많은 사람들을 위로해야 한다고 당부합니다. 어린 왕
자가 그러했듯 말이지요.

어린 왕자만큼 다른 이들에게 위로가 되는 존재가 또 있을
까요? 그리고 그렇게 다른 사람들의 마음을 움직이는 존재가 또

있을까요? 그래서 어린 왕자는 나에게 항상 살아 있는 친구입니다. 더 많은 사람들이 서로 위로하고 사랑하며 사는 세상을 꿈꾸라고 나에게 일러주기도 합니다.

그러나 지금 우리가 살고 있는 이곳 지구는 서로 사랑하고 위로하며 사는 경우보다 다른 이의 것을 빼앗아 내 것으로 만들거나, 우리 모두 것이거나 그 누구의 것도 아닌 것을 마치 나만의 것이라고 주장하는 이들로 넘쳐납니다. 세상은 참 아름답기도 하지만 한편으로는 그런 면에서 우리가 생각하는 것보다 세상은 참 끔찍합니다.

지금부터는 조금 슬픈 이야기를 하려고 합니다. 우리가 보고 있으나 보지 못하는 친구들 이야기입니다. 너무 먼 곳에 있어서 그 친구들이 아파하고 있다는 것을 잘 모르고, 그 친구들이 우리를 향해 도움의 손을 뻗는 것도 보지 못하지요. 특히 지금처럼 무엇보다 돈이 가장 중요하게 여겨지는 사회에서는요.

먼저 재미난 이야기 하나 들려줄게요. 물론 재밌기만 한 이야기는 아닙니다. 우리가 말하는 돈이 중심이 된 사회가 어떻게 만들어지게 되었는지, 그리고 그 사회가 다른 이들에게 어떤 고통을 주고 있는지 말입니다.

사람들은 흔히 지금의 우리 사회를 자본주의 사회라고 말합니다. 즉 자본이 주인인 사회, 돈이 중심이 되는 사회라는 말이지요. 그렇다면 과거에도 자본주의 사회에 살았을까요? 옛날에, 그러니까 다양한 나라가 생기고 다양한 정치형태의 사회가 생기기 이전부터 아프리카에는 토착민들이 살고 있었습니다. 그들은 빵나무에서 양식을 얻었고, 나무와 나뭇잎으로 집을 지어서 살았지요. 물론 그들은 서로 돕고 협동하면서 자신들의 공동체를 잘 꾸리고 있었습니다.

그런데 자본주의화된 사회에서 살고 있던 사람들은 물건을 싼값에 만들기 위해서 값싼 노동력이 필요했습니다. 그래서 어느 날 그들은 아프리카로 건너갔습니다. 그곳에 살고 있는 사람들에게 공장에 와서 노동을 하라고 했어요. 그러면 돈을 주겠다고요. 그 돈으로 옷과 음식을 살 수 있다고 말했지요. 그렇지만 아프리카에 살고 있는 토착민들은 공장에서 일할 필요를 전혀 느끼지 못했습니다. 왜냐하면 지금까지 굶거나 헐벗지 않고 아무런 문제없이 살아왔으니까요. 왜 공장에 가서 일을 해야 하는지 알 수 없었지요. 그러자 자본주의 사회 사람들은 화가 났어요. '아니, 이 바보들이 왜 돈을 준다는데도 공장에 와서 일을 하지 않지. 아! 그렇구나. 저 빵나무 때문이구나. 저 나무만 베어 버리면 저들이 이곳에 와서 일을 하겠지.'

그래서 자본주의 사회 사람들은 빵나무를 모두 베어 버렸습니다. 결국 먹을 것이 없어진 아프리카 사람들은 어쩔 수 없이 공장에 와서 일하게 되었답니다. 그렇지만 하루 종일 공장에서 일해야 했기 때문에 자신들의 집을 지을 시간도, 식물을 채집할 시간도 없었지요. 공장에서 받는 돈으로는 간신히 빵을 사 먹을 수 있을 정도였습니다.

시간이 흐르고 또 흘러 이제 토착민들은 예전 삶의 방식을 전부 잊어버리고 맙니다. 그들이 할 수 있는 일은 누구보다 더 많이 더 열심히 일해서 돈을 버는 것뿐이었지요. 그 돈으로 빵을 사고 집을 만들고 옷을 사야 했습니다.

° 먼 나라의 이야기가 아니야!
지금 우리의 이야기야!

안타깝게도 아프리카만의 이야기는 아닙니다. 전 세계의 많은 나라들이 이와 유사한 과정을 거쳐서 지금과 같은 사회가 되었지요. 여러분은 이렇게 위로하고 싶겠지요. '우리나라는 그렇지 않아. 우리나라는 다른 나라에 비해 살기 좋고 행복해.' '이런 이야기는 먼 나라 저 아프리카의 이야기야'라고 말이지요. 하지만 이 이야기는 우리나라의 이야기이기도 합니다.

우리나라가 일본의 식민지로 전락하기 전에도 네덜란드나 영국, 러시아 등의 강대국들이 처음에는 경제개방을 이야기하며 우리나라에 들어왔지요. 그러곤 합법적으로 보이는 경제활동을 했습니다. 우리나라에 없는 것을 팔기도 하고, 우리 물건을 다른 나라에 가져다가 팔기도 합니다. 그러나 그 배후에는 한 나라를 경제적 식민지로 만들려는 목적이 있었습니다.

한 예로 우리나라에 들어온 동인도회사는 사람들에게 돈

소혹성의 코끼리들

을 빌려주고 그것을 갚지 못하면 토지를 빼앗는 방식으로 일을 했어요. 이런 방식은 나중에 일본이 우리나라를 식민지화할 때 그대로 썼던 방법이기도 하고요.

결국 돈이 있고 힘 있는 나라들이 더 많은 부와 더 많은 권력을 갖기 위해 다른 나라를 경제적·정치적 식민지로 만들면서, 돈과 힘이 없는 많은 나라 사람들은 이런 강대국에 의해 자신들이 살던 방식대로 살아갈 수 없게 되었습니다. 물론 세상의 변화에 대처하지 못한 이들을 비난할 수도 있지만, 아직 사회 변화에 준비가 되지 않은 많은 이들이 속수무책으로 강자의 손에 놀아날 수밖에 없었습니다. 이런 시기에 자신의 이득을 챙기는 이들은 권력자의 편에 선 사람들이거나 다른 이의 고통은 뒤로한 채 기회를 놓치지 않고 이익을 취한 사람들이지요. 친일파들이 일제 시대에 부와 권력을 차지하고 이후 후손들까지 여전히 부유한 까닭도 바로 이런 이유 때문이겠지요.

그리고 이러한 이야기는 단지 몇몇 나라의 이야기가 아니라 지구 곳곳에서 벌어진 일들이고 지금도 벌어지는 일들입니다.

이로 인해 이제는 전 세계 사람들 모두가 자신들이 꾸려왔던 생활 방식을 잃어버리고, 지금과 같은 방법으로 돈을 벌어야만 살아갈 수 있게 되었지요.

아주 예전 우리 스스로가 삶을 꾸려 갈 수 있었던 시절의 기억은 모두 사라지고, 함께 협동하며 살던 공동체도 모두 없어져 버렸지요. 그리고 우리에게 기쁨을 주고 행복을 줄 수 있는 일들조차 모두 돈이 있어야만 가능한 일들로 바뀌었습니다. 그러니까 우리는 돈을 벌어야만 다른 일들을 할 수 있게 된 것입니다. 예를 들어 공부를 하고 친구들과 어울리는 것, 그리고 건강하게 사는 것들 말입니다.

환경운동가이자 언어학자인 헬레나 노르베리-호지(Helena Norberg-Hodge)가 쓴 『오래된 미래』(Ancient Futures, 2015)라는 책에서는 '라다크'라는 훌륭한 공동체가 서구 문화와 자본이 유입되면서 어떻게 변모하는지를 잘 보여줍니다. 그리고 그 공동체의 복원을 위한 노력 또한 잘 보여주고 있습니다.

˚ 돈만이 우리를 자유롭게 한다?

　　우리는 더 이상 친구들끼리 함께 모여 부족한 부분을 서로 가르쳐주고 배우는 공부를 하지 않습니다. 돈을 들여 학원에 가서 공부를 해야 하지요. 그리고 친구들과 놀기 위해서도 돈이 필요합니다. 노래방이나 게임방에 가야 하니까요. 이제는 누구도 손뼉을 치며 둘러앉아 노래를 부르며 놀지 않아요. 누구도 흙바닥에 그림을 그려 게임을 하지 않지요. 건강을 위해서는 헬스클럽에 가야 하고 친구들과 놀기 위해서는 놀이학교에 가야 합니다. 먹을 것을 구하려고 산으로 들로 다녔어야 할 때, 먹을 것을 키우고 가꿀 때 자연스럽게 이루어지는 운동과 노동은 더 이상 없습니다. 컴퓨터 앞에서 일을 하고 인터넷 세상에서 친구들과 만나기 때문에 특정 근육만 사용합니다. 그러니 다른 근육들을 쓰기 위해서는 헬스클럽, 요가원 등을 다녀야 합니다.

　　이를 위해서는 반드시 돈이 필요하지요. 그러니 더 많은 돈을 벌어야 하고요. 그래서 돈만 있으면 모든 것이 다 해결되는 것처럼 보입니다. 우리가 원하는 다양한 것들이 모두 돈으로 바뀌었습니다. 아마도 사람들의 다양한 욕망을 돈이라는 단 하나의 욕망으로 만들어버린 것이 자본주의의 위대한(?) 힘일 것입니다. 또 그런 이유로 자본주의가 대단히 무서운 것이기도 하고요. 우리가 원하는 것이 마치 단 하나 '돈'인 것처럼 생각하게 만들었기 때문이지요.

그러니 잘 생각해 보아야 합니다. 혹시 돈이라는 녀석이 우리가 원하는 것이 오직 자기인 것처럼 만들어버린 것은 아닌지 말이에요. 그리고 만약 그렇다면 당당하게 소리쳐서 그놈을 쫓아내야겠습니다. '넌 내가 원하는 유일한 게 아니야!'라고요. 저도 돈이 필요 없는 것이라고는 생각하지 않습니다. 우리의 기본적인 생활을 이어가기 위해서 없어서는 안 되는 것임을 알고 있습니다. 다만 돈만이 우리를 구원할 유일한 것이라는 생각에서는 벗어나야겠습니다.

° 왜 세계의 절반이 굶주리지

  '돈'이 우리의 삶에서 가장 중요한 것처럼 여겨지기 시작하고, 사람들이 돈을 원하는 동시에 갖고 싶어 하면서, 세상에는 더 많은 어린이들이 굶어 죽어가고 있습니다. 아마 이렇게 생각할 수 있겠지요. '이상하다, 아직도 굶어 죽는 사람들이 많다고? 더 잘 살게 되었잖아. 그런데 왜 아직도 세계의 절반이나 굶주리고 있다는 거지? 그들이 게을러서 그럴 거야. 설마 열심히 일하는데 굶주리겠어.'

  하지만 안타깝게도 굶주리는 사람들이 게으르기 때문이 아닙니다. 그리고 세계의 식량이 부족해서도 아니지요. 굶주림이 계속되는 가장 큰 이유는 식량이 불공평하게 분배되고 있기 때문입니다. 지구에 있는 식량은 현재 지구 인구의 두 배를 먹여 살릴 수 있다고 합니다.

  제러미 리프킨(Jeremy Rifkin)이라는 학자는 전 세계에서 수확되는 옥수수의 4분의 1이 소의 먹이로 사용되고 있다고 말합니다. 소고기를 먹는 얼마 안 되는 인구를 위해서 말입니다.

어느 한쪽은 음식을 너무 많이 먹어서 영양과잉으로 인한 질병으로 죽어가고, 다른 한쪽은 영양실조로 죽어가고 있습니다. 이런 일이 계속되는 이유는 제3세계에서 일어나고 있는 전쟁, 국제적인 경제봉쇄 정책, 이윤만 추구하는 다국적 기업, 지구 온난화로 인한 사막화** 등을 들 수 있습니다.

그러나 이러한 원인 중 여러 가지는 해결할 수 있는 것임에도, 각각의 이기심으로 인해 해결하지 못하고 있습니다. 기업은 자신들이 만든 생산품이 아무리 많더라도 무상으로 제3세계에 보내고 싶어 하지 않습니다. 자신들이 생산해낸 상품의 시장가격이 하락할 수 있기 때문이지요. 또 한 나라가 테러 국가로 지명되고 나면, 그들의 테러 행위를 막기 위해 국제적인 경제봉쇄 정책을 펴게 됩니다. 그러면 그 나라에 살고 있는 가장 약한 이들인 어린이나 여성들이 가장 큰 피해를 입게 됩니다. 그들에게까지 돌아올

** 왜 세계의 절반이 굶주리는가에 대해 더 알고 싶다면, 장 지글러, 유영미 역, 왜 세계의 절반은 굶주리는가?, 갈라파고스, 2007, 라는 책을 읽기를 바란다.

식량이 없기 때문이지요.

　　또한 생태환경의 파괴는 전 세계 곳곳에서 많은 난민들을 발생시킵니다. 사막화로 인해서 거주지를 잃은 사람들은 환경난민이 되어 국제기구의 보살핌 없이는 거의 살아가기 힘들고, 급격한 기후 변화로 인한 해일이나 폭우 때문에 집과 터전을 잃는 일도 빈번해 환경난민의 수는 더 늘어나고 있습니다. 그런데 이런 일들은 항상 부자인 나라보다 가난한 나라에서 더 많이 일어나지요. 그렇기 때문에 많은 어린이들이 굶주림으로 인한 영양실조로 각종 질병에 걸려 서서히 죽어가고요.

　　이렇게 굶주림으로 죽어가는 이들과 상황 속에서 우리는 어떻게 살아가야 할까요? 어린 왕자가 그러했고 생텍쥐페리가 그러했듯이 어려움에 처한 사람에 대한 깊은 애정과 그들을 돕고자 하는 마음, 그리고 그들의 아픔을 나의 것으로 이해하고 함께하고자 하는 마음이 필요합니다.

　　이러한 마음이 없다면 우리는 어린 왕자가 처음 비행사에게 말한 것처럼 "하루 종일 아저씨처럼 '나는 중대한 일을 하는 사람이야. 중대한 일을 하는 사람이야'라고만 되풀이하면서 교만으로 가득 차 있어. 하지만 그건 사람이 아니야. 버섯이지." **사람이 아닙니다.**

이렇게 생각할지 모릅니다. 세상이 이렇게 나쁘기만 하냐고, 아마 그렇지 않을 거야, 라고 말입니다. 그러나 다시 말해 줄 수 있어요. 세상은 이보다 더 나쁩니다. 우리가 이런 나쁜 일들이 세상에 없다고 생각하는 한, 세상은 이보다 훨씬 더 나빠질 것입니다. 그렇다고 해서 실망하거나 두려워할 필요는 없습니다. 우리가 눈을 크게 뜨고 귀를 열어서 세상이 이렇다는 것을 지켜보아야 이런 나쁜 일들이 반복되지 않을 것입니다.

그렇다면 우리가 할 수 있는 일은 무엇일까요? 무엇보다 어디서든, 아파하는 이들의 소리에 귀를 기울이고, 고통스럽지만 두 눈을 크게 뜨고 전쟁으로 파괴된 것들을 직시해야 하고, 불합리하게 죽어간 친구들의 죽음을 잊지 말아야 하고, 굶주리며 죽어가는 이들에게 관심을 두어야겠지요. 그래야 힘을 가진 사람들이 그 힘을 자기 마음대로 사용할 수 없을 테니까요.

우리가 좀 더 알려고 하고 보려고 해야만 세상은 조금씩 아름답게 변해 갈 것입니다. 보고 듣는 것을 두려워하거나 피하려고 하지 말아요. 보고 들어야 합니다. 어린 왕자가 그러했던 것처럼 말입니다.

어린 왕자가 떠난 뒤 슬퍼하는 비행사

° 위로받아야 할 모든 이들을 위해

　　생텍쥐페리가 『어린 왕자』를 헌사한 대상이 레옹 베르트였다는 것은 이미 말했었지요. 그리고 그 이유도요. 생텍쥐페리는 전쟁으로 인해서 굶주리고 추위에 떨고 있는 친구를 위해, 위로받아야 할 처지에 있는 친구를 위해 자신의 책을 헌사합니다. 그렇다면 생텍쥐페리가 『어린 왕자』를 통해서 우리에게 하고 싶어 했던 말은 무엇이었을까요?

　　『어린 왕자』는 세상에 위로받아야 할 모든 이들을 위해 그리고 그 모든 사람, 때론 굶주림으로 죽어가는 친구들이자, 때론 여러분과 나처럼 다른 친구와의 관계로 힘들어하는 친구들이며, 때론 가난으로 인해 고생하는 친구들이고, 때론 사랑하는 사람을 먼저 하늘나라로 보낸 친구들이며, 때론 마음이 가난해진 친구들이고, 때론 사랑할 마음을 잃어버린 친구들 등 위로받아야 하는 모든 친구들을 위한 이야기입니다.

　　그리고 위로에는 '공감'이 필요합니다. 다른 사람의 아픔에 같이 아파할 수 있는 마음, 세월호로 죽어간 친구들의 죽음에 눈물을 흘리고 그들의 부모 마음에 공감하는 마음, 이런 마음은 인간이라면 누구나 가지고 있습니다. 이런 공감을 하지 못한다면 그건 아까도 말했듯, 어린 왕자가 말했듯 사람이 아닌 '버섯'이겠지요.

"사막이 아름다운 것은 그것이 어딘가에 샘을 감추고 있기 때문이지." 어린 왕자가 말했다.

사막의 그 신비로운 빛남이 무엇인지를 나는 문득 깨닫고 흠칫 놀랐다. 어린 시절 나는 해묵은 낡은 집에서 살고 있었다. 그런데 전해 오는 이야기에 의하면 그 집에는 보물이 감춰져 있다는 것이었다. 물론 그것을 발견한 사람은 아무도 없었고, 그것을 찾으려 든 사람도 아마 없었을 것이다. 그런데도 그 보물로 하여 그 집 전체는 매력에 넘쳐 있었다. 우리 집은 저 가장 깊숙한 곳에 보물을 감추고 있는 것이었다.

"그래. 집이건 별이건 혹은 사막이건 그들을 아름답게 하는 건 눈에 보이지 않는 법이지!" 내가 어린 왕자에게 말했다.

여러분도 각자의 마음 어딘가에 샘을 감추고 있을 것입니다. 그리고 그 샘은 바로 여러분을 아름답게 해줄 보물이면서 길을 찾아주는 나침판이 될 것입니다. 타인의 마음에 내 마음을 함께 두는 공감, 나만의 길이 아니라 함께하는 길이 아름다울 수 있다는 믿음, 타인과의 관계 맺음은 내가 가는 길의 유익으로만 판단할 수 없다는 것, 나 혼자보다는 다른 사람과의 만남이 우리의 삶을 풍요롭게 해줄 거라는 믿음, 내게 감추어진 보물은 나 혼자서는 알 수 없다는 믿음, 서로의 보물을 알아봐주는 친구가 나와 함께 많은 길들을 걸어 갈 거라는 믿음…. 이러한 믿음들이 어린 왕자를 내 친구로 만들면서 배운 나의 샘이었습니다. 여러분도 어린 왕자와 함께 여러분의 샘을 찾아보세요. 어린 왕자가 우리의 손을 잡고 함께 걸어갈 것입니다.

연표

앙투안 드 생텍쥐페리
Antoine de Saint-Exupery, 1900~1944

1900	6월 29일 프랑스 리옹에서 2남 3녀 중 셋째이자 맏아들로 태어남.
1904	7월, 아버지 장 드 생텍쥐페리 사망.
1909	10월 7일 르망의 콜레주 노트르담 드 생 크루아에 입학.
1912	앙베리외 공항에서 첫 비행을 함.
1914	콜레주 몽그레에 입학했다가 건강 문제로 스위스 프리부르로 가게 되어 콜레주 드 라 빌라 생 장에 입학.
1917	7월, 동생 프랑수아가 병으로 인해 사망. 파리의 사립 기숙학교인 보쉬에 학교 입학.
1919	6월, 해군사관학교 입시 면접에서 불합격 후 미술학교 건축과에 진학.
1921	공군 입대. 스트라스부르의 제2 항공여단에 배속. 조종사가 되어 카사블랑카에서 체류하던 중 첫 번째 비행사고를 겪음.
1922	제33 항공여단의 정찰부대에 배속.
1924~1925	소래 자동차회사에서 트럭 판매원으로 일하면서 글 쓰는 일에 몰두함. 파리에 사는 이모의 소개로 앙드레 지드, 장 프레보 같은 유명 문인과 친목을 다짐.
1926	라테코에르 항공사 취업. 디디에 도라를 만남. 《르 나비르 다르장》에 단편소설 「비행사」 발표. 누나 마리 마들렌의 사망. 툴루즈에 있는 라테코에르 항공사에 입사. 장 메르모즈와 앙리 기요메를 만남.

1927	툴루즈-카사블랑카, 다카르-카사블랑카 간 우편물을 운송하는 정기노선에 조종사로 취직. 항로 우편기 조종.
	18개월 간 모로코 남부의 케이프 주비에서 파견근무를 하며 『남방 우편기』 집필.
	봄 바셰, 메르모즈, 에티엔 기요메, 레크리뱅 등과 함께 프랑스의 툴루즈-서 아프리카 세네갈의 다카르 항로 우편기 조종. 다카르 항로상의 아프리카 기항지인 모로코 남부 캅쥐비의 항공기지 착륙장 지점장으로 발령받음. 이 시기의 경험이 이후의 작품에 많이 등장함.
1928	프랑스로 돌아온 후 『남방 우편기』를 공개 발표. 갈리마르 출판사와 계약. 9월 남미로 출발.
1930	콘수엘로를 만남.
	안데스 산맥을 넘던 기요메가 실종. 6일 만에 구조됨.
	민간항공 부문의 공로를 인정받아 레지옹 도뇌르 훈장(기사 등급)을 받음. 『야간비행』 집필.
1931	4월 아게(바르)에서 콘수엘로와 결혼.
	카사블랑카-포르테티엔 간의 야간 시험비행을 거쳐 새 항로 개척.
	앙드레 지드가 서문을 쓴 두 번째 책 『야간비행』 출간. 페미나상 수상.
1933	수상비행기로 시험비행.
	영화 〈안 마리〉의 시나리오 작가로 활동.
1934	새롭게 창설된 항공사인 에어프랑스에 입사.
	『남방 우편기』의 영화 시나리오를 쓰고, 조종사 역할로 출연.
1935	레옹 베르트와 만남.
	일간지 《파리 수아르》에 기사를 쓰고 모스크바에서 지냄.
	파리-사이공 간 시험비행 도중 리비아 사막에 불시착하나 구조됨.
1936	일간지 《랭트랑지장》에 스페인 내전에 대한 기사를 씀.
	남대서양에서 친구 메르모즈가 실종됨. 『성채』를 집필하기 시작.
1937	스페인 내전을 취재하여 《파리 수아르》과 《랭트랑지장》에 기사를 내보냄.
	뉴욕-티에라델푸에고 간 항로 시험비행.
1938	뉴욕에서 과테말라로 가던 중 추락사고. 심한 부상을 입고 뉴욕으로 이송된 이후 프랑스로 귀국.

1939	『인간의 대지』 출간. 프랑스에서 아카데미 프랑세즈의 소설 분야 그랑프리 수상.
	미국에서 『바람과 모래와 별들』이라는 제목으로 번역 출간. '이달의 책'으로 선정. 전미도서상을 수상.
	제2차 세계대전 발발로 동원되어 정찰대 배속.
1940	6월, 휴전 후 공군에서 전역. 『성채』 집필을 이어감.
	기요메 사망 소식을 들음.
	12월, 뉴욕으로 가서 생활하기 시작.
1941	영화감독 장 르누아르의 초청으로 할리우드에 가게 됨.
	로스앤젤레스에서 사고 수술의 회복기 동안 『전시 조종사』를 집필.
1942	콘수엘로가 뉴욕으로 옴.
	『전시 조종사』가 미국에서 출간되어 베스트셀러가 됨.
1943	『전시 조종사』가 프랑스에서 독일 당국의 요청으로 판매 금지됨.
	2월, 『어느 인질에게 보내는 편지』 발표.
	4월, 『어린 왕자』 출간.
	튀니스로 가서 비행정찰대에 배속. 착륙 미숙 사고로 조종사 임무 중단. 이 때 『성채』 수정 작업 진행. 비행 횟수가 5회로 제한되었다가 복귀.
1944	7월 31일 오전 8시 30분, 8번째 비행 정찰 중 교신이 끊기고 오후 2시 30분에 프랑스 남부 해안에서 실종.